여섯 번째 가족

박태우 수필집
여섯 번째 가족

초판 발행 | 2022년 1월 15일
재판 인쇄 | 2022년 10월 6일
재판 발행 | 2022년 10월 12일

글쓴이 | 박태우
펴낸이 | 장호병
펴낸곳 | 북랜드
　　　　06252 서울 강남구 강남대로 320, 황화빌딩 1108호
　　　　41965 대구 중구 명륜로12길 64, 2층(남산동)
　　　　대표전화 (02)732-4574, (053)252-9114
　　　　팩시밀리 (02)734-4574, (053)252-9334
　　　　등록일 | 1999년 11월 11일
　　　　등록번호 | 제13-615호
　　　　홈페이지 | www.bookland.co.kr
　　　　이-메일 | bookland@hanmail.net

책임편집 | 김인옥
교　　열 | 전은경 배성숙

ISBN 979-11-92096-24-7 03810
ISBN 979-11-92096-25-4 05810 (E-book)

값 15,000원

여섯 번째 가족

박태우 수필집

북랜드

작가의 말

서른세 해 동안의 직장 생활을 마감하고 인생 2막의 출발선에 섰습니다. 강산이 세 번 넘게 바뀌도록 뉴스 현장을 누비면서 기사로 세상과 소통했습니다. 업무 특성상 늘 시간과 싸우며 긴장 속에 하루하루를 보내야 하는 나날이었습니다. 기자라는 명함을 가슴에 품고 사실의 재구성을 통해 메시지를 부각하는 직선적인 글쓰기에 매달렸습니다. 서사적인 구조를 중시하면서 마음은 갈수록 건조하고 거칠어지는 것 같았습니다. 이런 가운데 서정성과 예술성이 묻어나는 문학적인 글이 신선하게 다가왔습니다.

제 마음을 읽은 선배의 안내로 또 다른 글밭의 문을 두드렸습니다. 그 글맛은 달콤하고 냄새는 향기로웠습니다. 나도 모르게 수필의 세계에 시나브로 흠뻑 젖어들게 되면서 등단작가라는 과분한 영예를 안았습니다. 하지만 저널리즘이라는 직선의 글에 관성이 붙어 문학성이 묻어나는 곡선의 글쓰기로 모드를 바꾸는 작업은 만만치 않은 일이었습니다. 서사적인 구조에 치중한 채 서정성은 늘 작품의 언저리에서 맴돌기만 했습니다.

수필은 그저 붓 가는 대로 쓰는 단순한 글이 아니었습니다. 그럼에도 불구하고 글밭을 다듬어 나가는 과정은 무엇과도 바꿀 수 없을 만큼 재미있고 즐거운 행로였습니다. 수필은 무미건조한 가슴에 촉촉한 단비로 다가왔습니다. 마음의 여유를 되찾으며 더불어 살아가는 삶의 가치도 조금씩 깨달았습니다. 글을 고리 삼아 가슴이 따뜻한 분들과 교류하면서 세상을 보는 시야도 넓혔습니다. 글밭은 제게 산교육장이자 세상을 바라보는 또 다른 창이었습니다. 뿐만 아니라, 수필은 팍팍한 제 삶에 쉼표이자 엑센트로 자리매김했습니다. 세파에 지친 심신을 보듬고 위로해 주는 비타민이 되어 주었습니다. 고향과 친구를 글감으로 붓을 잡으면 정겨운 옛 시절 풍경과 그리운 벗들의 얼굴이 떠올라 추억여행에 흠뻑 빠질 수 있었습니다. 가끔은 수필 같은 삶을 살고 싶다는 충동이 꿈틀거리기도 했습니다.

작년 말 정년퇴직을 한 뒤 지난 시절을 정리하는 차원에서 틈틈이 긁적거려 놓은 작품들을 엮어 수필집을 내놓게 됐습니다. 아직 글밭이 거칠고 황량합니다. 부단히 쟁기질하면서 잡초는 걷어내고 거름을 주면서 옥토로 가꾸어 나가겠습니다.

이 순간, 저의 수필 세계와 동행한 고마운 분들의 얼굴이 떠오릅니다. 그분들의 성원이 없었더라면 이 책은 세상에 빛을 보지 못했을 겁니다. 저를 수필 세계로 이끌어주신 조병렬 선생님을 비롯하여 곽흥렬, 전상준, 하재열 선생님의 애정 어린 조언과 충고에 감사드립니다. 매주 수요일 저녁, 머리를 맞대고 합평에 참여한 대구수필문예대학 심화반 문우님들에게도 고마움을 전합니다. 내 글의 첫 번째 독자이자 훈수꾼인 옆지기와 사랑하는 아들, 딸 들의 성원도 잊을 수 없습니다.

　인생 2막, 수필 같은 삶으로 세상과 소통하며 아름다운 글 향기를 세상에 퍼뜨리고 싶습니다.

2022년 1월

박 태 우

| 차례 |

2부 도넛의 고리처럼

3부 비주류의 항변

4부 인향 만 리

1

짧은 만남 긴 여운

장남 노릇

집안에 웃음과 박수소리가 넘쳐난다. 가족의 축하 속에 장학금 전달식이 열렸다. 장학금을 받는 조카들의 표정이 환하게 피어난다. 장학금을 건네는 아버지 얼굴도 밝고 환하기는 마찬가지다.

몇 해 전부터 우리 집안은 공금을 모으기 시작했다. 그해 어머니 생신날에 내가 동생들에게 제안을 하면서부터다. 앞으로 집안의 이런저런 행사에 요긴하게 쓸 수 있을 것 같다는 말에 동생들도 흔쾌히 맞장구를 쳤다. 우리의 의기투합을 눈치챈 부모님도 동참 의사를 표시했다. 우리들이 아무리 말려도 막무가내였다.

사 남매의 맏이인 나는 아래로 남동생 한 명, 여동생 두 명을 두고 있다. 이제는 모두 장성해 독립된 가정을 꾸려간다. 그래서 다섯 가구가 매달 일정액을 갹출하기로 마음을 모았다. 내가 좀 더 부담하기로 자청했다. 깐깐한 옆지기도 이날은 부드러운 표정으로 'OK 사인'을 보내 마음이 홀가분했다. 공금은 평소 돈 관리에 철저하고 계산에 밝은 여동생이 맡았다. 그달부터 모두 계좌이체를 통해 매월 일정액을 송금했다.

지난 설날 본가에 동생과 제수, 매제, 조카 등 20여 명이 찾아들었다. 평소 부모님 두 분만 계셔서 적막하기만 하던 집은 모처럼 활기가 넘쳐흘렀다. 20여 평 아파트의 거실과 방, 베란다는 조카들의 놀이터로 변했다. 평소 그들에게 큰아버지, 외삼촌 역할을 소홀히 해 늘 마음에 걸렸다.

저녁상을 물리고 여동생이 손가방을 주섬주섬 헤집더니 통장 하나를 꺼내었다. 그러고는 집안 공금의 잔액을 공개한 뒤 통장 원본을 돌려가면서 일일이 확인토록 했다. 그 순간 왁자지껄하던 분위기는 금세 '침묵 모드'로 바뀌었다. 동생의 빈틈없는 관리와 꼼꼼한 준비도 돋보였지만, 무엇보다 통장에 박힌 숫자가 예상치를 훨씬 웃돌았기 때문이다. '티끌 모아 태산'이라더니. 기껏해야 매달 몇만 원씩을 냈을 뿐인데 잔액은 천만 원이 훌쩍 넘어섰다.

"어! 벌써 이렇게 많이 불었나." 통장을 받아 든 막냇동생이 믿기지 않는 듯 한마디 던졌다. 모두가 이만큼 쌓인 줄은 기대하지 않은 눈치였다. 누구보다 부모님이 흐뭇해하셨다. 입가에 미소를 머금은 아버지께서는 "이렇게 남매들끼리 한마음이 돼 오랫동안 돈을 모으는 건 쉽지 않다."라고 하면서 대견스러워하셨다. 팔순을 넘겼지만 그날의 미소는 어느 소년의 웃음보다 더 밝았다. 한복을 다소곳이 차려입고 벽에 기댄 채 말을 아끼시던 어머니도 한마디 거들었다. "정말 많이 모았네. 천만 원은 적은 돈이 아니지. 마음이 푸근하다."라고 하면서 환한 표정을 지으셨다. 그러고 보니 모으기만 했지 별로 사용한 적은 없었다. 그사이 공금은 차곡차곡 두께를 더해 갔던 것이다.

이쯤 되니 모으기만 하는 것이 능사가 아니라는 생각이 들었다. 적절한 지출을 통해 남매간의 정을 나누고 싶었다. 내가 "이번에 고등학교에 진학하는 지윤이와 초등학교에 입학하는 혜동이를 위해 조금 쓰는 건 어떻겠느냐."라고 제안했다. 모두 동의한다며 힘찬 박수로 화답했다.

여동생은 통장을 들고 부랴부랴 집 근처 은행으로 달려갔다. 얼마 후 봉투 두 개를 들고 와 아버지 앞에 내밀었다. 즉석에서 입학 축하금 전달식이 이뤄진 것이다. 아버지께서는 아들, 딸, 며느리, 사위, 손주들이 빙 둘러앉아 지켜보는 가운데 조카 2명을 불러 놓고 봉투를 건넸다. 손마디는 굵었지만, 입가에는 잔잔한 미소가 번졌다. 봉투를 건네기 전에 조카들의 손을 잡고 이 돈을 모은 계기와 과정, 의미 등을 차근차근 들려주셨다. 한걸음 더 나아가 집안 내력에 대해서도 설명하며 조카들에게 자긍심을 심어주셨다.

부친의 말씀은 단지 조카 2명에게 들려주는 게 아니라 우리 모두 가족 사랑을 되새기라는 메시지를 풍겼다. 서울 조카는 그 의미를 어느 정도 알아챘는지 눈시울을 붉혔다. 초등학교에 진학하는 개구쟁이 조카도 머리를 꾸벅 숙이고 경청 모드에 들어갔다. 조금 전까지 촐랑대던 모습은 찾아볼 수 없었다.

나는 막내까지 대학을 보낸 상태여서 '입학 축하금 수혜 대상 가구'에서 제외됐다. 영천에 사는 남동생이 "형님 집 조카는 지금까지 못 받지 않았느냐."라고 하면서 나에 대한 미안한 감정을 우회적으로 비쳤다. 나는 "지나간 건 어쩔 수 없고 이제부터 전통을 세우면 된다."라며 자체 규정을 세웠다. 지천명知天命을 넘긴 지금까지 내 마음이 그렇게 가벼운 적이 있었던가.

입학 축하금 전달식을 마치고 펼쳐진 가족의 술상 분위기는 웃음꽃이 만발했다. 막걸리에 쇠고기전, 오징어무침, 새우튀김, 두부전 등이 안줏거리로 속속 나왔다. 조금 전까지 허리 통증을 호소하시던 어머니는 언제 그랬느냐는 듯 부엌과 거실을 오가면서 연신 별미를 내놓으신다. 평소 술을 거부하던 내 몸도 이날은 주인 기분을 아는지 제법 받아주었다.

지금까지 예사로 보아 넘겼던 거실 벽면에 덩그렇게 걸려 있는 액자 속 가화만사성家和萬事成의 글자판도 크고 환하게 다가왔다. 옆방에서는 어느새 조카들끼리 흥겨운 윷놀이가 벌어졌다. "모야!" "윷이야!" 윷놀이에서 터져 나오는 웃음과 박수 소리가 그렇게 정겨울 수 없었다.

여름에서 가을로

　대기실은 정적이 감돈다. 초가을 아침공기만 휑하니 감겨온
다. 보호자들은 앉았다 섰다 하면서 초조함을 달래고 있다.

　10여 분쯤 지났을까. 전면의 대형전광판이 번쩍거리면서
빛을 발했다. 순간, 보호자들은 약속이나 한 듯 일제히 시선을
그쪽으로 돌리는 게 아닌가. 환자 이름과 수술 부위, 진행상황
등이 한눈에 들어온다. 아버지 이름도 포함돼 있다. 가슴이 찡
해 온다. '힘드실 텐데 잘 견딜 수 있을까.' 침묵 속에 이어지는
팽팽한 긴장감, 걱정과 불안이 내 몸을 칭칭 감아 오는 것 같
다. 어머니와 여동생도 손을 맞잡은 채 숨을 죽이고 있다. 보호

자들 표정은 각양각색이다. 입술을 뜯고 머리카락을 만지작거리는 아저씨, 염주를 든 채 합장한 할머니, 연신 묵주를 굴리는 젊은 새댁…….

시간이 지나면서 조금씩 침묵이 깨지기 시작했다. 전광판 자막도 시시각각 달라진다. '수술 중-회복 중-병실 이동'으로 표시가 바뀌어 나간다. 전광판의 수술 진행상황 표시가 달라질 때마다 보호자들의 희비도 엇갈린다.

아버지는 오전 7시 30분쯤 수술실로 이송됐다.

"아버지 힘내세요."

"그래. 나는 괜찮다."

내 손을 당신의 손등에 포개면서 힘을 실어주었다. 아버지 손마디가 그렇게 굵고 거친 줄 미처 몰랐다. 정맥이 선명하게 불거져 나온 손등이 한동안 내 눈길에서 떨어지질 않는다. 그 사이 육중한 철제문이 '드르륵'거리며 닫혀 버렸다.

대기하는 동안 아버지와의 추억이 주마등처럼 스쳐간다. 당신은 빈촌에서 사 남매를 키우느라 갖은 고생을 마다하지 않으셨다. 몸이 닳도록 억척스럽게 뒷산을 개간해 생계를 꾸렸다. 빠듯한 살림에 끼니를 때우기도 여의치 않았다. 가난의 서러움, 못 배운 한을 자식에게는 물려주지 않으려는 의지는 신앙처럼 견고했다. 언제나 집안의 최고 우선순위는 자녀 교육이었다. 그 어려운 여건 가운데서도 자식들 학비 납부기한은 한 번도 어기지 않으셨다. 덕분에 우리 사 남매는 모두 사각모를 쓸 수 있었다.

가족을 위해 온몸을 던지신 아버지가 지금 생사의 갈림길에서 있다. 사십을 넘도록 나는 부모에게 무엇을 했나. 지척에 두고서도 자주 찾아뵙기는커녕 안부마저 제대로 드리지 못했다. 내 앞가림과 자식 챙기기에만 급급했다. 몇 달 전에라도 종합검사를 받아봤더라면……. 장남으로서의 죄책감이 봇물처럼 밀려온다.

얼마나 되었을까. 동생이 갑자기 내 어깨를 툭 치더니 전광판을 가리킨다. 내 눈이 의심스러워 몇 번이나 뚫어지게 바라보았다. 분명히 아버지 이름 옆에 '회복 중' 문구가 버티고 있었다. 용수철처럼 칭칭 감겨져 있던 긴장이 조금은 풀리는 듯했다. 시계침은 오전 10시 10분을 가리키고 있다. 수술한 지 2시간가량 지났다. 당초 5시간 걸린다던 게 절반으로 줄었다.

"이렇게 빨리 끝날 수 있나."

안도감과 의아심이 쌍곡선을 그리면서 가슴을 후벼든다. 마음을 추스르기도 전에 대기실 뒤편의 인터폰 소리에 귀가 번쩍 띄었다.

"○○○ 환자 보호자는 수술실 앞으로 나와 주세요."

용수철 튀듯이 수술실 앞으로 몸을 날렸다. 주위에는 어느새 어머니와 동생 제수씨가 빙 둘러섰다. 곧바로 의사가 가운을 걸친 채 수술실 문을 열고 나타났다. 순간, 모든 것이 숨을 죽인 듯 팽팽한 긴장감이 감돌았다.

"수술은 막 끝났어요. 생각했던 만큼 심하지는 않았어요. 아마 항암치료 효과를 봤나 봅니다." "휴우-" 안도의 한숨이 저절로 나왔다. 우리는 누구라 할 것도 없이 연신 "고맙습니다. 고맙습니다."를 되뇌었다.

돌이켜 보면 참 힘겨운 나날이었다. 아버지는 지난해 5월 말 집 근처 병원에서 혈액검사를 받고 빈혈로 판정받았었다. 혈액 수치가 몹시 떨어져 내시경을 받은 결과, 우려가 현실로 나타났다. 위암이었다. 그것도 초기가 아닌 3기까지 진행됐다고 했다.

수술에 대비해 종합병원으로 옮겼다. 하지만 병원 측은 당장 수술하기는 무리라고 말했다. 암세포 덩어리가 넓게 퍼져 있고 간 쪽으로 전이 가능성도 있다며 난색을 표했다. 사전 항암치료로 암세포 덩어리를 줄여 수술하는 차선책을 택했다.

고희를 훌쩍 넘기신 아버지는 지긋지긋한 항암치료에 들어갔다. 지독한 항암제는 단번에 신호를 보내왔다. 탈모 증세에다 구토, 매스꺼움 증세 등이 이어졌다.

4개월간에 걸쳐 병마와 치열한 싸움을 펼쳤다. 당신은 그토록 고통스럽고 힘든 항암치료를 거뜬히 견디어내셨다. 투병 기간 인상 한 번 찡그리지 않으셨다. 자식들에게 폐를 끼치지 않나 되레 미안해하는 빛이 역력했다.

아버지가 퇴원한 지 7개월이 지났다. 건강은 거의 회복하였고 평상시와 다름없이 활동하신다. 음식도 잘 가려 드시고 운동도 거르지 않으신다. 아버지의 철저한 몸 관리가 눈물겹도록 고맙다.

우리는 병실에서 아버지 곁을 지키며 새삼 가족의 소중함, 혈육의 중요성을 깨달았다. 어머니와 동생, 아내와 제수씨 모두 정성으로 간병하면서 힘을 북돋웠다. 고난과 역경 속에서도 가족사랑은 무럭무럭 익어갔다. 그 사이 그 지긋지긋한 여름은 가고 어느새 가을이 깊어 있었다.

당신은 어쩜 가족의 소중함을 일깨워 주려고 중병을 앓으셨는지도 모르겠다. 병마와 싸우는 아버지 곁을 지키던 그때가, 역경 속에도 아름다움과 행복을 맛보았던 그때가 가끔은 그리워진다.

월제풍광月霽風光? 광풍제월光風霽月?

　한동안 소식이 뜸했던 지인으로부터 한 통의 전화를 받았다. 그분은 근래 자주 만나지는 못했지만 마음 한편에 늘 따뜻한 분으로 자리매김하고 있다. 다음 달 말이면 정년퇴직을 한다는 소식을 전하면서 부부끼리 식사나 한 끼 하자고 했다. 내가 먼저 식사를 대접해야 하는데 거꾸로 된 셈이다. 다소 미안한 마음이 들었지만 간곡하게 요청하기에 승낙했다.

　우리 부부는 그분들 부부와 7~8년 전까지만 해도 수시로 만나면서 정보를 교환하고 화목을 다졌다. 그 당시 우리는 대구의 한 부도심권에 거주하였기에 이웃사촌처럼 지냈다. 가톨릭

신자라는 공통점이 있어서 더욱 가까워진 것 같다. 우리가 자녀 교육으로 그곳을 빠져나오면서 만남이 뜸해졌다. 그래도 간간이 안부를 주고받으며 서로의 행복을 빌어 왔다. 나는 그분에 비해 7살가량 어리지만 나이에 따른 부담감은 별로 느끼지 못했다. 그분은 늘 상대를 배려하고 편안하게 분위기를 조성해 주었다. 소탈하고 격의 없는 모습이 고향 형처럼 푸근하게 다가왔다. 십여 년 전 눈 내리던 겨울날, 가족끼리 함께했던 남도여행은 잊지 못할 추억으로 갈무리돼 있다.

며칠 뒤 우리는 시내 한 식당에서 저녁을 함께했다. 김이 모락모락 나는 뚝배기 삼계탕을 앞에 두고 웃음을 곁들이며 이야기꽃을 피웠다. 복날이 가까워서 보신용으로 삼계탕 집을 택했다고 했다. 그분은 40년 가까운 교직 생활을 마무리 짓고 다음 달에 정년퇴임을 한다고 했다. 오랫동안 직장생활을 한 것도 대단한 데다 교직의 꽃인 교장으로 마침표를 찍는다고 하니 부럽기도 했다. 그분은 첫 부임지 사택 생활, 초임 시절 봉급, 제자들과의 에피소드, 시골에서 도시로의 전근 등등 지난날을 생생하게 들추어냈다.

부부는 지내면서 서로 닮는다고 했던가. 사모님도 웃음 띤 얼굴에다 차분한 어조로 남편의 교직 생활 애환을 조곤조곤 풀어냈다. 가정을 지키면서 남편을 묵묵히 내조한 그에게서

현모양처의 이미지가 묻어나왔다. 사모님은 우리들의 대화 속에 간간이 추임새를 넣으며 분위기를 북돋웠다. 그분은 내 아내와 잠시나마 한 학교에 근무한 적도 있어 대화의 소재는 갈수록 가지를 뻗어나갔다. 평소 내성적이고 소심한 아내도 이 날만큼은 제법 분위기에 젖어들었다.

오후 7시에 식당에 들어섰는데 시계 침이 어느새 10시를 넘어섰다. 그러고 보니 조금 전부터 식당 종업원이 우리 주위를 맴돈 이유를 알 것 같았다. 문 닫을 시간이 다 됐는데도 우리는 아랑곳하지 않았던 것이다.

식당을 나서려는데 그분은 가방을 주섬주섬 헤집더니 좁고 가느다란 통을 꺼내 들었다. 고마운 분들을 위해 준비한 거라면서 건네주는 게 아닌가. 이 자리에서 선물은 내가 준비해야 하는데 도리어 받게 돼 얼떨떨하고 미안했다. 고마운 마음을 담아 뚜껑을 열어보니 전통부채가 몸을 접은 채 누워 있었다. 꺼내 드니 대오리로 살을 하고 한지를 곱게 입힌 합죽선 부채였다. 한손으로 손잡이를 잡고 손목을 한 차례 놀리니 합죽선이 학날개처럼 몸을 폈다. 상하로 휘저으니 시원한 바람이 연신 기지개를 켰다.

잠시 뒤, 나의 눈길은 합죽선 한지에 새겨진 사자성어에 머물렀다. 선생님이 손수 붓글씨를 수놓은 것이다. 한 획, 한 획 꾹꾹 눌러쓴 예서체가 먹물을 한껏 머금고 살아서 꿈틀거리는 듯했다. 틈틈이 붓글씨를 익힌다는 소식은 들었으나 실력이 이 정도일 줄은 몰랐다.

그런데 월제풍광月霽風光이 뭐지? 웬만한 사자성어는 알고 있다고 생각했는데 뜻을 가늠할 수 없었다. 그 자리에서 내가 한두 차례 더 '월제풍광' 하고 되뇌었는데도 그분은 별다른 반응을 보이지 않았다. 대신 중국 북송 시대 고사에 나오는 구절로 고귀한 인품을 뜻한다고만 했다. 나의 성품과 인격을 사자성어에 빗대 풀이해 준 것이었다. 불민한 내게 과분한 찬사를 보내주니 몸둘 바를 몰랐다.

다음 날 아침 부채를 챙겨 출근했다. 주위에 조금은 자랑하고 싶은 얄팍한 마음이 꿈틀거렸다. 출근하자마자 인터넷 포털사이트 검색어에 월제풍광을 쳐 넣고 두드렸다. 몇 번이나 똑같은 단어를 입력했는데도 '검색 결과가 없다'는 메시지만 반복됐다. 이상하다. 뭐가 잘못됐나. 순간 속앓이를 했다.

나는 사무실에서 합죽선을 펴들고 혼자 월제풍광이 뭔가 하고 되뇌었다. 이를 지켜보던 옆자리 후배가 한마디 던진다. "선배, 낙관이 왼편에 찍혔는데 어찌 그게 월제풍광인가요? 광풍제월이죠." 순간, 얼굴이 화끈거렸다. 여태 낙관을 기준으로 어느 쪽으로부터 읽어야 하는지도 제대로 몰랐던가. 그래서 오른쪽에서부터 읽으니 광풍제월이 아닌가. 솔직히 광풍제월이라고 해놓고도 의미가 제대로 다가오지 않았다. 어렴풋이 멋진 풍경을 뜻하는 것으로만 짐작했다.

어제 저녁의 일이 자연스레 떠올랐다. 그분은 내가 '월제풍광'으로 잘못 읽었는데도 전혀 내색을 하지 않았다. 혹시 내가 무안해할까 봐 그랬던 게 분명하다. 그 자리에서 월제풍광이 아니라 광풍제월이라고 지적해줘도 되는데 혹시 내가 난처해질까 싶어 그냥 넘어간 것 같았다. '광풍제월光風霽月'로 검색해 보니 뜻이 주르륵 나왔다. '제霽' 자의 뜻이 '비 갤 제'라는 것도 그제서야 알았다. 제대로 풀이하면 '맑은 날의 바람, 비 갠 뒤의 달'이라는 뜻이었다. 인터넷에는 북송의 시인이었던 황정견이 유학자 주돈이의 고결하고 맑은 인품을 평하며 했던 말로 송서의 '주돈이전'에 등장한다고 적혀 있었다. 고결하고 맑은 성품이나 잘 다스러진 세상을 표현할 때도 쓰는 말이라고 덧붙여져 있었다.

그분의 부채 선물 덕분에 낯선 사자성어를 익히는 덤도 얻을 수 있었다. 그제서야 몇 해 전 찾았던 담양 소쇄원의 사랑채와 서재가 제월당霽月堂, 계곡 가까이의 누정이 광풍각光風閣으로 쓰여져 있던 기억이 어슴푸레 떠올랐다.

그리고 보니 광풍제월이라는 뜻이 숭고하고 거룩하게 다가왔다. 그러나 아무리 생각해봐도 나의 인품과는 어울리지 않았다. 광풍제월은 도리어 그분에게 어울리는 말이었다. 곰곰이 생각하다 나름대로 이렇게 정리했다. 지금 미흡하고 부족할지라도 광풍제월을 떠올리면서 나 자신을 담금질해 나가겠다고.

올여름은 선풍기와 에어컨을 멀리하고 그 부채를 애용하려 한다. 부채를 흔들며 마음속에 깔려 있는 세속의 찌꺼기를 씻어내고 불평과 불만의 덩어리를 걷어내야겠다. 대신 내 마음에 맑은 바람, 비 갠 뒤 달의 풍광으로 채워넣어야겠다. 부채 속에 담긴 그분의 아름답고 은은한 향기를 맡으면서…….

오늘도 나는 연신 부채질을 한다. 부채의 몸짓에서 실려 오는 바람이 그렇게 시원하고 상큼할 수가 없다.

그의 두 얼굴

　신축년 열차도 어느새 봄의 한복판을 통과하고 있다. 베란다 너머 대추나무 잎사귀도 시나브로 푸른색을 더하며 자태를 한껏 뽐낸다. 계절의 흐름을 타고 나날이 성숙해 가는 자연의 몸짓이 경이롭기까지 하다. 푸르게 짙어지는 그의 풍성한 몸집은 겨우내 매서운 추위와 눈보라를 이겨낸 세월에 대한 보상인가. 대추나무의 옷 색깔에는 시간을 품은 열차의 궤적이 고스란히 새겨져 있다. 나는 그 열차에 올라 꾸준히, 아니 쉼없이 달린다. 매 순간 그들과 동행하며 일거수일투족을 놓치지 않고 현미경을 들이댄다.

내가 누구냐고? 나는 좀 특이한 족속이야. 전진만 있고 후진이 없으니까. 밤이나 낮이나, 비가 오나 눈이 오나, 앞으로 나아가기만 하지. 피곤하다고 투정을 부리거나 멈추는 일은 없어. 어떤 조건과 환경에서도 흔들리지 않고 일정한 보폭으로 뚜벅뚜벅 걸어가지. 세상이 어수선하고 세파가 아무리 거칠어도 개의치 않아. 온종일 열차 바퀴를 굴리면서도 티끌만 한 오차도 허용하지 않으니까.

너희들은 나를 두고 빠르니 느리니 하면서 간간이 갑론을박을 벌이더군. 그건 감정의 파도에 따라 출렁거리는 너희들 마음에 따른 착시현상일 뿐이야. 난 지금까지 과속이나 연착을 한 적은 한 번도 없어. 누가 뭐래도 한 치의 어긋남 없이 걸어가고 있거든. 너희 동네에서 나를 냉혈한이라고 쪼아대는 뒷담화도 간간이 듣고 있어.

하지만 나는 모든 이를 공평하게 대한다. 억만장자든 빈털터리든, 높은 의자에 앉아 있든 낮은 의자에 머물든, 명예가 높든 낮든 차별을 두지 않아. 하늘 아래 모든 이에게 하루 24개 칸을 똑같이 선물하지. 너희들처럼 내 편은 챙기고 네 편은 따돌리는 그런 치졸한 짓은 하지 않아. 우리 사전에는 '내로남불'이니 '기울어진 운동장'이라는 말 따위는 없으니까. 다만 너희들이 나를 어떻게 취급하느냐에 따라 당근과 채찍을 내놓지.

나는 꽤 까칠한 편이야. 뒤끝이 만만치 않지. 늘 곁에 있다고 소홀히 대하다가는 큰코다친다. 나는 형체도 없고 냄새도 풍기지 않아. 하지만 너희들 삶의 1분 1초도 놓치지 않고 매의 눈으로 들여다본다. 방향과 목표도 없이 어영부영 나를 대하는 친구들은 딱 질색이야. 인생의 레일 위에서 휘청거리거나 엇나가려는 너희들에게 수시로 호루라기를 불었어. 그 소리를 듣고도 정신을 못 차린 친구에게는 따끔한 회초리를 들 수밖에.

너희들이 생의 변곡점마다 받아 든 성적표가 그걸 말해주지. 대학 입시, 취직 시험, 인사 시즌을 맞았을 때 네 기분이 어땠어. 평소 나를 어떻게 다루었느냐에 따라 웃는 자와 우는 자가 나누어졌잖아. 대부분 성적표 앞에서 나를 원망하며 후회의 한숨을 내쉬더군. 그건 버스 지나고 손 흔드는 격이지. 난 결코 되돌아가는 법이 없으니까. 하지만 나를 선물로 여기고 보석처럼 다룬 친구들에게는 당근을 내놓는다. 합격과 승진의 축배는 세상의 그 어떤 맛보다 달콤하니까. 흙수저로 태어나도 나를 애지중지 다룬 덕분에 인생 역전을 이룬 친구들이 더러 있어. 난 항상 너희들을 주인으로 모실 각오가 돼 있어. 준비하고 계획을 세우는 사람에겐 희망의 꽃을 피우도록 하지. 그러니 나를 잘 다루려면 늘 깨어있어야 해.

나는 냉정하고 까칠한 편이지만 '치유의 손'도 갖고 있다. 너희들을 보듬어 주고 위로해 줄 자세가 되어 있단 말이야. 때때로 너희들의 멍든 마음을 치유하는 약이 되기도 하니까. 너희 동네 사람들의 불안, 근심, 걱정의 얼룩을 내가 말끔히 씻어준 적이 한두 번이 아니었지. 그러니 속이 쓰리고 울화가 치밀어도 너무 촐랑대거나 서툰 짓 하지 말라고. 모든 일에는 때가 있고 세월이 지나면 자연스레 해결되는 게 수두룩하니까.

요즘은 너희 동네에는 남녀노소 할 것 없이 모두 휴대전화를 끼고 살더군. 그 속에 나를 이리저리 측정하는 도구까지 담아놓고. 알람과 타이머, 스톱워치 등을 이용하는 앱을 깔아두고 살뜰하게 나를 다루는 부류가 늘어나고 있는 것 같다. 학생뿐 아니라 직장인, 자영업자, 가정주부도 앱을 통해 나와 수시로 소리 없는 대화를 나누기도 하지. 그런 사람들을 보면 기특해서 등이라도 두드려주고 싶거든.

이제 네 얘기 좀 해볼게. 너와 나는 하루에도 몇 번씩 티격태격하며 신경전을 펼치고 있지. 나를 보고 냉정하고 인색하다면서 불평을 자주 늘어놓더군. 원고 마감이 임박할 때는 나를 측정하는 바늘 침이 천둥처럼 들린다며 천천히 가자고 졸라댔지. 원고와 씨름하는 너를 보면서 때로는 안쓰럽기도 했지만, 어쩔 수 없어. 그래도 우리는 싸우면서 정이 들고 서로의 성정을 이해하는 폭도 넓어졌잖아. 네가 일터 밥이 늘어날수록 나를 재치 있게 다루는 법을 볼 때는 대견스럽게도 했어. 난 긴장과 함께 이완, 여유의 달콤함도 건넨다. 원고를 넘기고 너와 함께 커피 한 잔을 마시는 순간은 그렇게 달콤할 수 없었어.

지난날을 반추하며 가끔씩 나를 되돌리고 싶다고 했지. 중·고등학교 시절로 돌아가 새로운 꿈을 펼쳐 보겠다고. 내겐 후진기어가 없으니 그건 넋두리일 뿐이지. 그러니 이제부터가 중요해. 네 하기에 따라 지금을 인생의 화양연화로 만들 수 있어. 너희들은 인생을 전후반 45분씩 나눠진 축구 경기로 비유하더군. 네가 두른 나이테를 감안하면 이제 후반 15분쯤 진입한 거지. 축구도 전반에는 서로 팽팽하게 맞서다가 후반 중반부터 쐐기골, 자책골, 역전골 등이 터지잖아. 진정한 승부는 그때부터가 아닐까.

지금부터 얼마든지 동점골을 날릴 수 있고 역전골까지 터뜨릴 수 있어. 그러니 지난날을 돌아보면서 투덜거리지 말고 이제부터 네 빛깔을 가꾸어 나가면 되는 거야. 주위의 이런저런 현란한 색채에 현혹되지 말고 자신만의 색깔을 피우면 되는 거지. 난 항상 네 편이 되어 줄 준비가 되어 있어. 나이는 단지 숫자에 불과하잖아. 꽃보다 단풍이 아름다울 때가 있으니까. 인생 2막, 너와의 아름다운 동행을 꿈꾸려니 내 마음도 봄꽃처럼 피어나는구나.

아들의 미소

    막내둥이와 함께 병원을 찾았다. 그토록 축구를 즐기더니 결국 동네 형들과 축구를 하다 일을 내고 말았다. 수비를 맡은 아이는 상대편 중 3짜리 학생이 마음껏 찬 공에 얼굴을 정통으로 맞은 것이다. 순간 아이는 두 손으로 얼굴을 움켜잡고 운동장에 쓰러진 채 나뒹굴기 시작했다. 아프고 놀란 탓에 소리 내 울기까지 했다. 탱탱하게 바람을 먹은 축구공은 아이 오른쪽 눈 밑과 콧등 사이를 여지없이 가격했다. 나는 운동장 한쪽 벤치에서 이 장면을 목격했다. 순간 벤치를 박차고 정신없이 운동장으로 뛰어나갔다. 아들의 코에서는 선홍빛 액체가 줄줄

흐르고 눈덩이는 부어올랐다. 맞은 부위가 눈이라 마음에 걸렸다.

애초부터 초등 3년인 아들이 중학생들 틈에 끼는 걸 막지 못한 게 후회스러웠다. 워낙 축구를 즐기다 보니 내가 말렸더라도 아마 그의 고집을 꺾지는 못했을 것이다. 수돗가에서 상처 부위를 씻고 지혈을 한 뒤 집으로 돌아왔지만 다친 부위는 좀처럼 가라앉지 않았다. 일요일이라 병원에 가기도 여의치 않았다. 집에 오니 아내도 놀라 어찌할 줄을 몰랐다. 아들 눈가를 계속 어루만졌다. 나에게도 화살이 돌아왔다. "왜 큰 애들과 축구하는 걸 말리지 않았느냐."라며 불평을 터뜨리는 게 아닌가. 부자는 묵묵부답이었다.

아이는 시간이 지날수록 조금씩 안정을 찾는 듯했다. 그러면서도 눈덩이가 욱신거리고 무겁다면서 여전히 통증을 호소했다. 내 마음은 쇳덩이가 눌렀다.

다음 날 오후 직장에서 잠시 시간을 쪼개어 아이 손을 잡고 안과로 향했다. 병원 가는 길은 불안과 걱정이 교차하였다. 그러나 나의 손을 꼭 잡은 아들의 여린 손에서 전해져 오는 온기가 그토록 따스할 수 없었다.

병원 로비에는 이십여 명이 대기하고 있었다. 간호사는 삼십 분 정도 기다리면 된다고 했다. 접수한 뒤 로비에 진열된 잡지를 뒤적거리면서 시간을 달랬다. 아이도 로비의 소파에 몸을 맡긴 채 이리저리 뒤척이는 것으로보아 지루한 빛이 역력했다. 그런데 30분이 지나 40분이 돼도 소식이 없었다. 나는 은근히 울화가 치솟았다. 불만 속에 접수대로 다가갔다. "30분이 지났는데 아직 진료가 안 됩니까?" 간호사는 오늘따라 대기환자가 많아 늦어지고 있다면서 일이십 분만 더 기다려 달라고 양해를 구했다. 그 말을 믿고 다시 대기실 소파로 발걸음을 옮겼다. 또다시 이십 분이 지났는데 감감 무소식이었다. 아이도 채근하기 시작했다. "아빠, 왜 이리 늦어요. 우리보다 늦게 온 사람도 진료를 받았어요." 지겹다면서 노골적으로 투정을 부리는 게 아닌가. 아이에게는 조금만 기다리라고 말했지만 나도 울화가 치밀었다.

마침내 내 감정은 인내수치를 넘어섰다. 접수대로 나가 따졌다. "왜 이리 늦죠. 언제까지 기다려야 됩니까?" 내 목소리는 점점 높아졌고, 로비에서 대기 중인 사람들의 시선이 일제히 나를 향했다. 간호사는 당황해하면서 어찌할 줄을 몰랐다.

잠시 후 어디선가 몸집 좋은 삼십 대 후반의 남자가 내 앞에 나섰다. 병원 사무장이었을까. 그는 "앉아 기다리면 될 텐데 왜 그리 따지느냐."라면서 되레 역공을 하는 게 아닌가. '아니, 불난 집에 부채질을 해도 유분수지, 사과는커녕 되레 큰소리치다니. "1시간 넘게 기다렸어요. 이렇게 고객을 무작정 대기시켜 놓아도 되는가요."라면서 목청을 높였다. 입씨름을 하고 있는데 누군가 사무장을 끌고 가 언쟁은 일단락되었다. 큰 소리를 치면서 내 감정을 분출했지만 대기 중인 손님들에게는 고개를 들기가 민망했다.

내 항의표시가 먹혀들었던 것일까. 곧바로 접수대에서 아들 이름을 불렀다. 그런데 아이가 보이지 않는다. 조금 전까지 내 주변에서 맴돌던 아이가 자취를 감춘 것이다. 얘가 어디 갔나. 고개를 이리저리 돌려도 시야에 아이는 들어오지 않았다. 덜컥 겁이 났다. 뭐가 잘못되었나. 정신없이 로비 이곳저곳을 돌아다니고 있는데, 아이는 저 멀리 화장실에서 고개를 살짝 내밀고 있었다. 아빠가 병원 직원과 다투는 걸 보고 몸을 피한 것이었다. 어린 마음에 아빠가 병원 측과 말다툼을 하는 게 부끄러웠던 탓일까. 그는 내 목소리가 가라앉자 모습을 드러낸 것이다. 의사는 시력과 안압검사 등을 하고 나서 외상만 가라앉으면 별일 없을 거라고 말했다. '휴-' 안도의 한숨이 저절로 나왔다. 아이도 안심이 된 듯 얼굴이 밝아 보였다.

약을 받아 집으로 돌아오는 우리 발걸음은 한층 가벼웠다. 모처럼 아버지 노릇을 했다는 생각이 들기도 했다. 그러나 마음 한구석은 편치 않았다. 그 순간 목소리를 높이고 거칠게 항의했어야 했나. 다른 방법은 없었나. 아이 앞에서 내가 무례한 행동을 한 건 아닌가. 이런저런 생각이 꼬리를 물었다. 좀처럼 보지 못한 나의 거친 언행에 아이는 어떤 마음이 들었을까. 아니면 아빠가 여러 사람들 앞에서 말싸움을 했다고 마음의 부담을 지고 있지는 않을까.

　다음 날 나는 슬쩍 말을 꺼냈다. "은동아, 어제 아빠가 부를 때 어디 있었어?" 그는 부끄러워 숨어버렸다고 말하면서도 빙그레 웃음을 지었다. 아들의 웃음이 그날따라 묘하게 다가왔다. 아빠의 언쟁이 자기 투정 때문에 빚어졌다고 생각했기 때문일까. 순간 아빠를 나무라고 싶었지만 아빠의 심정은 어느 정도 이해할 수 있단 말인가. 아니면 아빠가 병원에서 지른 고성이 자기를 향한 사랑이 깔려 있다는 걸 알기 때문일까. 은동이가 보여준 묘한 웃음의 진실을 파헤치느라 이런저런 생각이 수없이 교차했다. 그 진실을 파헤치는 작업이 싫지만은 않았다.

여섯 번째 가족

요즘은 아파트에서도 개와 함께 다니는 이웃을 심심찮게 볼수 있다. 아파트 1층 아주머니는 애완견을 가슴에 품은 채 마치 자식처럼 다룬다. 조용하던 아파트에서 언제부터 간간이 '멍멍' 하는 소리가 들린다. 귀에 거슬리고 짜증이 날 때가 한두 번이 아니다. "경비실을 통해 민원을 넣어볼까?" 공동주택에서 개를 기르는 사람들을 좀체 이해할 수 없다. 나는 그들을 이기적이고 상대를 배려하지 않는 '불량 이웃'으로 딱지를 붙인다.

몇 달 전 아내와 딸로부터 충격적인 제안을 받았다. "우리도 개 한 마리 키울까요?" 나는 펄쩍 뛰었다. "뭐라꼬. 집에서 개를 키운다고. 누가 어떻게 키운다는 말이고……."

아내와 딸과의 냉기류는 일주일 넘게 이어졌다. 모녀는 좀 체 뜻을 굽히지 않았다. 아예 작정을 하고 나를 압박하는 눈치 였다.

며칠 지나 딸이 정색을 하고 말문을 열었다. "아빠가 걱정하 지 않도록 기를 겁니다. 오줌, 똥을 확실히 가리도록 하고 자 주 짖지 않도록 관리할게요." 아들 둘도 은근히 아내와 딸을 응원하는 눈치였다. 가족의 협공에 못 이겨 나는 결국 백기를 들었다.

아내와 딸은 기다렸다는 듯이 이튿날 강아지 한 마리를 데 리고 왔다. 국민 애완견으로 불리는 몰티즈였다. "이탈리아 지중해 몰티섬이 본적이고 혈통도 우수하다고 하네요." 아내 는 온갖 립 서비스를 늘어놓는다. '개××와 같이 지내야 하다 니…….' 나는 들은 척 만 척하며 별로 눈길을 주지 않았다.

생후 2개월 남짓한 몰티즈는 비단 같은 순백의 털을 두르 고 집 안 구석구석 헤집고 다녔다. 마치 솜사탕 뭉치가 이리저 리 굴러다니는 듯했다. 아내는 '몽실이'라 이름 짓고는 안고 쓰 다듬으며 갖은 호들갑을 떨었다. 어느새 아파트 1층에서 개를 품고 다니는 이웃 아주머니 모습과 너무나 닮아갔다.

몽실이는 무뚝뚝한 내게도 애정 공세를 퍼붓는다. 온갖 재롱을 피우며 러브콜을 한다. 아파트 복도를 오르는 주인의 발자국 소리를 멀리서도 알아차리고 문 앞에 쪼그리고 앉아 기다린다. 문을 열면 앞 두 발을 치켜세운 채 꼬리가 떨어질 듯 좌우로 흔들며 '멍멍'거린다. 안아달라고 안달을 부린다. 한두 번 번쩍 들어주고 바닥에 놓으면 성이 차지 않는지 금세 멍멍거리며 달라붙는다. 기어이 주인에게 사랑을 받고야 말겠다고 떼를 쓴다. 몇 번을 더 안아주면 그제야 제 일을 본다.

선입견과 달리 몽실이는 성격도 까다롭지 않고 털도 그리 날리지 않았다. 무엇보다 오줌, 똥을 지정해 놓은 패드 위에 가렸다. 간간이 짖기도 하지만 "안 돼. 안 돼." 하며 주의를 주고 다그치면 점차 수그러든다. 함께한 지 6개월이 지났으나 아직 주위에서 민원을 받은 적도 없다.

"실아~, 엄마가 줄게 조금만 기다려~." 아내는 몽실이를 마치 자식처럼 대한다. 끼니도 꼬박꼬박 챙겨주고, 간식 제공도 거르지 않는다. 목욕과 털 깎기, 예방접종도 때맞춰 해준다. 몽실이 식단에는 간간이 특식으로 닭가슴살이 오르기도 한다. 내 식사는 걸러도 몽실이 끼니는 꼭 챙긴다. 이쯤 되니 '개 팔자가 상팔자'라는 말이 실감난다.

지난 일요일 아침 눈을 뜨니 뭔가 허전했다. "어 몽실이 어디 갔지." 나도 모르게 몽실이를 찾았다. "수민이가 어제 이모

집에 데리고 갔잖아요." "아 그렇지." 아내는 내가 몽실이에게 조금씩 관심을 보이는 데 대해 흡족해하는 눈치였다.

아침이면 몽실이는 새까맣고 동그란 눈을 이리저리 굴리며 내 곁으로 다가온다. 내가 양팔을 앞으로 쭉 뻗고 스트레칭을 하면 그놈도 앞다리를 한껏 뻗으며 주인의 아침 운동에 동참한다. 출근 준비로 옷을 주섬주섬 걸치고 가방을 챙기면 그놈도 덩달아 허둥댄다. 우리 부부가 출근하는 낌새를 알아차리고 출입문을 온몸으로 막아서며 '멍멍'거린다. 문을 닫고 나와도 한참 동안 짖어댄다. 아내는 몇 번이고 고개를 뒤로 돌린다.

요즘은 그놈이 제법 말귀를 알아듣는다. "몽실이 짠!" 하고 손바닥을 펼쳐 보이면 앞발을 들어 '하이파이브'에 응한다. 나를 제외한 우리 가족 모두 카톡 프로필 사진을 몽실이 모습으로 바꾸었다. 모녀는 경쟁적으로 몽실이 사진을 업데이트한다.

올 들어 취미 삼아 미술학원에서 소묘를 배우고 있다. 연필로 선과 면, 명암을 넣으면서 사물을 그리는 재미가 쏠쏠하다. 조금 지나면 개와 고양이 등 동물 그리기에 들어간다. 어느 정도 실력이 쌓이면 몽실이의 앙증맞은 모습을 화폭에 고스란히 담고 싶다.

그놈의 재롱은 나의 피로와 스트레스를 떨쳐주는 보약이다. 몽실이를 연결고리로 가족 간 대화와 소통의 시간도 늘어났

다. 몽실이의 재롱은 소극적이고 내성적인 아내와 딸의 성격
도 조금씩 변화시키는 것 같다. 요즘은 표정도 밝고 자주 웃으
며 대화도 자주 한다. 모녀는 요즘 몽실이와 시간마다 어울리
며 사진도 찍고 대화의 폭을 넓힌다. 집안 분위기도 자연스레
'화목 모드'로 바뀌었다. 얼마 지나지 않아 나의 카톡 프로필
사진도 몽실이 사진으로 바뀔 것 같다.

할머니의 밥상

　맛이 그렇게 다를 수 있나? 평소 맵고 톡 쏘던 청양고추가 상큼하고 달짝지근하게 느껴질 수 있단 말인가. 그날, 고추 맛은 내 입맛을 자극하며 마음마저 상큼하게 적셔주었다.

　말복에 고향 친구 넷이서 반월당 근처 삼계탕 집을 찾았다. 복달임을 하려는 손님들로 식당은 북적거렸다. 20여 분 기다린 끝에 뚝배기에 찹쌀, 대추, 인삼, 밤 등이 어우러진 삼계탕이 나왔다. 뽀얀 국물에 김이 모락모락 피어나는 삼계탕은 금세 침샘을 자극했다. 고추와 마늘, 된장, 깍두기 등 정갈스럽게 깔린 밑반찬도 식욕을 부추겼다. 우리는 덤으로 나온 인삼주를 한잔 걸치고 쫄깃쫄깃한 육질을 뜯으면서 고향 추억을 안주 삼아 식사 분위기를 띄웠다.

코로나 상황도 아랑곳하지 않고 꿈틀거리는 이야기보따리를 앞다투어 풀어 놓았다. 모두 반세기 전 고향 풍경을 어제 일처럼 그려낸다. 동네 사랑방과 학교 운동장, 수박 서리, 토끼몰이 추억 등을 차례로 소환하며 우정의 끈을 이어갔다. 어느 순간, 밑반찬에 눈길이 머물렀다. 싱싱한 풋고추와 누런 된장이 향수를 끄집어냈다. 1960~70년대 고령 우곡은 상당수 이웃이 끼니를 걱정할 정도로 가난에 찌들어 있었다. 밥상은 보리밥과 푸성귀 일색이었고 영양가 운운하는 건 사치였다.

여름철 할머니의 밥상은 고추와 된장이 단골 메뉴였다. 신문지 한 장 크기만 한 상에는 꽁보리밥 한 그릇과 냉수 한 사발, 고추와 된장이 이열횡대로 자리 잡았다. 텃밭에서 갓 따 온 풋고추는 미끈하고 싱싱하기 그지없었다. 모시적삼을 걸친 할머니는 감나무 잎 사이로 간간이 햇볕이 내리쬐는 평상에 앉아 보리밥을 냉수에 푸셨다. 물기를 한껏 머금은 보리밥 한 술을 드시고 고추를 된장에 '쿡' 찍어 맛보시던 모습은 세월이 지날수록 선명도를 더해가고 있다.

간간이 밥상에 고추 대신 잔멸치라도 곁들여지면 호화식단이었다. 무싯날 두메산골에서 해산물 요리는 언감생심이었으니까. 읍내에 오일장이 선 저녁엔 운 좋으면 멸치와 명태 정도는 맛볼 수 있었다.

한번은 아버지가 마늘과 고구마를 팔아 멸치를 사 오셨다. 저녁에 어머니는 멸치를 볶아 할머니 밥상에 올렸다. 하지만 할머니는 손자 도시락 반찬 하라며 물리고 고추와 된장을 고집했다.

장남인 나는 70년 중반에 고향을 떠나왔다. 시골에서 중학교를 마치고 상급학교에 진학하느라 객지로 나와야 했다. 집안에서는 아들 혼자 도회지로 보내는 게 마음에 걸리셨던 걸까? 나의 타향살이에는 할머니가 동행했다. 어쩜, 손자와 함께하고 싶어 할머니가 자청하셨으리라. 내가 태어나기 한 해 전에 할아버지를 여의신 할머니는 손자 키우는 재미로 고독과 외로움을 떨쳐 나갔으니까. 조손은 허름한 대명동 주택가 단칸방에 짐을 풀고 타향살이에 들어갔다. 이순을 갓 넘긴 할머니는 손자 옷가지를 빨고 도시락 챙기는 걸 낙으로 삼으며 뒷바라지에 신이 나하셨다. 당시 대구로 나온 친구들 대부분은 혼자 빨래하고 밥 지으며 학교에 다녔다. 친구들에게 '나는 하숙하고 할머니는 자취한다'는 우스갯소리를 한 일이 떠오른다.

고등학교 2학년 가을로 기억된다. 하교를 했는데도 할머니가 보이지 않았다. 열 시 가까이 되어도 나타나지 않으셨다. 마음이 뒤숭숭해 어둠이 깔린 집 앞 골목길을 한동안 서성거렸다.

걱정과 짜증이 밀물과 썰물처럼 왔다 갔다 했다. 한참 지나 저 멀리서 가로등 불빛을 받으며 할머니가 보자기를 든 채 종종걸음으로 오시는 게 아닌가. 반갑게 맞이하기는커녕 "어디 갔다 이제 옵니꺼?" 하면서 거칠게 쏘아붙였다. 할머니는 미안한지 빙그레 웃기만 하셨다.

그날 당신은 시장 고추전에서 늦게까지 고추 꼭지를 따주고 천 원을 받아 오시는 길이었던 게다. 그걸 뒤늦게야 알게 되었다. 그 돈으로 손자 도시락 반찬용으로 계란을 사 오신 것이었다. 할머니는 계란을 풀고 밀가루, 부추를 버무려 전을 만들어 도시락에 넣어 주었다. 순수 계란전과는 거리가 있었지만 그렇게 맛있을 수 없었다. 내 반찬은 점심시간 친구들의 젓가락질로 금세 동이 났다.

삼계탕집 주인은 맵기로 소문난 청양고추를 듬뿍 내놓았다. 친구들은 이구동성으로 매운맛에 혀를 내둘렀다. 나는 맵기는커녕 달짝지근하게 느껴졌다. 자꾸 고추 접시로 손이 갔다. 평소 매운맛에 손사래를 치던 나의 입맛은 이날만은 영 딴판이었다. 추억과 그리움에 젖으니 매운 고추는 내 앞에서 맥을 추지 못했다.

지난달 어머니를 모시고 모처럼 고향을 찾았다. 수십 년간 방치된 우리 집은 형체만 겨우 알아볼 정도로 허물어져 있었다.

기와지붕은 군데군데 내려앉았고 벽체도 곳곳이 듬성듬성 갈라져 있었다. 나도 모르게 발길이 인근 텃밭으로 옮겨졌다. 당시 우리 텃밭은 고추와 가지, 오이를 쏟아내던 천연 부식 터였다. 하지만 그 시절 주렁주렁 매달려 있던 고추는 온데간데없고 무성한 잡초만 묵묵히 지키고 있었다.

　하루에도 몇 번이나 텃밭을 드나드시던 할머니도 우리 곁을 떠난 지 십여 년이 지났다. 어디에선가 시원한 바람 한 줄기가 찾아와 얼굴을 훑고 간다. 텃밭의 그 바람이 그토록 상쾌하고 시원할 수 없었다. 나도 모르게 두 팔 벌리며 눈을 감았다.

마음먹기에 따라

　주말이 되면 누구나 여유를 맛보고 싶어 한다. 평소 타이트한 일정에 시달리는 직장인들에게는 무엇과도 바꿀 수 없는 달콤한 시간이다. 누구로부터라도 시간을 침해받고 싶지 않다. 그러나 나이가 들고 가장이 되면 주말이라도 자유로울 수 없다. 온전히 자기만의 시간을 갖기란 만만치 않다. 가족을 위해, 집안을 위해 챙겨야 할 일이 한두 가지가 아니다.

　나에게는 주말 스케줄 가운데 빼놓을 수 없는 게 있다. 아내와 장 보러 가는 거다. 황금 같은 주말에 두어 시간을 빼내야한다. 맞벌이 부부인 데다 평일에는 시간에 쫓기는 바람에 어쩔 수 없다. 우리는 주로 재래시장보다 대형마트를 찾는다. 시장보다 조금 멀긴 해도 한꺼번에 여러 가지를 구입할 수 있기 때문이다.

마트는 늘 인파로 북적거린다. 카트를 끌고 아내 뒤를 따른다. 인파 사이를 헤집고 카트를 이리저리 움직이려니 짜증스럽다. 잠시 한눈을 팔면 카트가 뒤엉켜 버린다. '이 시간 잠이라도 푹 잤으면……' 내 불편한 심기에 아내마저 불을 댕긴다. 버섯을 집어들고는 요리조리 살핀다. 몇 번이나 쥐었다 놨다 하며 고개를 갸우뚱거린다. 나는 카트에 몸을 기댄 채 답답한 심정으로 지켜보다 한마디 던진다. "뭐 그리 따지노, 비슷한 것 같은데. 빨리 가자." 나의 투정에도 아랑곳하지 않고 아내는 매장 곳곳을 누빈다. 한두 가지만 사면 된다고 하더니 매장 전체를 훑고 다니는 게 아닌가. 시식 코너도 그냥 지나치지 않는다. 당장 속내를 드러내고 싶지만 주말 분위기를 깨고 싶지 않아 간신히 거둔다.

얼마 전까지만 해도 쇼핑 가는 게 탐탁지 않았다. 그러나 언제부터인가 나의 쇼핑 태도는 확 바뀌었다. 몇 달 전 은사님이 들려준 말씀이 나도 모르게 마음을 흔들었나 보다. '나이가 들수록 부부가 함께 지내고 매사를 즐겨라.' 교직을 정년퇴임한 그분은 나이 들어 늘 부인과 함께 다니니 회춘을 맛보는 기분이라며 금실을 자랑했다. 그래. 어차피 시장에 가려면 즐겁게 가자. 먹거리 책임을 아내에게만 맡길 수 없지 않은가. 생각이 이쯤 미치니 마음이 조금씩 움직이기 시작했다.

이제 더 이상 '쇼핑 길=짜증 길'이 아니다. 그 자체가 재미있고 즐거워지기 시작했다. 쇼핑공간이 지적 호기심을 충족시켜주는 산 교육장으로 다가왔다. 가지런히 전시된 제품의 원산지와 성분 등을 살피는 재미도 괜찮다. 먹거리 정보와 식품상식도 덤으로 얻을 수 있다. 맛 좋은 과일을 고르는 요령이 담긴 안내판 읽는 재미도 쏠쏠하다. 점원의 표정이나 말투, 다른 쇼핑객들의 말과 행동도 배울 거리였다.

마음먹기에 따라 이렇게 달라져 보이는가. 그래서 일체유심조一切唯心造라고 하는 건가. 쇼핑은 계절의 변화, 시대의 트렌드까지 읽게 해주었다. 시장기가 밀려오면 식당 코너에서 간식을 맛보는 즐거움도 괜찮고……. 쇼핑 장소는 부부의 정을 키우는 사랑의 공간이라는 걸 뒤늦게 깨달았다. 곁에 선 노년의 부부가 카트를 밀고 당기면서 매장을 거니는 모습이 그렇게 아름다울 수 없었다.

지난 주말도 아내와 대형마트를 찾았다. 과일, 정육, 채소, 제과 코너 등을 두루 거쳤다. 크리스마스 시즌이라 매장은 활기로 넘쳤다. 북적거리는 쇼핑객 속에서 시식도 하면서 여유를 즐겼다. 카트를 몰고 계산대에 도착하니 시계 침은 오후 열 시를 가리켰다. 두 시간 가량 돌았다. 그런데도 발걸음은 가벼웠다.

카트를 몰고 주차장으로 빠져나오려는데 아내가 보이지 않았다. 저 멀리 계산대 곁에서 꿈적도 하지 않고 있었다. 계산대 쪽으로 발길을 옮겼다. 영수증을 받아 든 아내의 표정이 밝지 못했다. 품목과 금액을 꼼꼼이 확인하고 나서야 영수증을 거둔다. 그 순간 영수증 하단에 굵게 새겨진 숫자가 내 눈에 잡혔다. 합계 145,300. 생각보다 결제금액이 많았나 보다.

그동안 싼값에 양질의 먹거리를 장만하려고 애썼구나. 빠듯한 생계비로 가계를 꾸리려니 마음도 편치 않았을 때도 더러 있었을 텐데. 마지못해 쇼핑에 따라나서고 투덜거린 내 자신을 잠시나마 되돌아볼 수 있었다. 지금까지 모든 걸 내 잣대로 평가한 것 같았다. 집에 와서 쇠고기, 간고등어, 새우 등 구입한 먹거리를 정리했다. 밑반찬 몇몇을 제외하고는 대부분 나와 아이들이 즐겨 찾는 음식들이었다. 직장생활에 쫓기는 아내인들 주말에는 왜 푹 쉬고 싶지 않았을까. 이번 주말에는 내가 먼저 제안해야겠다. "쇼핑 안 갈 거냐."고. 그것도 웃으면서.

이심전심

복잡한 머리를 식히려 늦은 밤에 집을 나섰다. 오늘따라 마음이 울적해서 혼자 거닐고 싶었다. 신작로를 빠져나와 대봉교 다리 아래로 내려와 신천 둔치 쪽으로 방향을 틀었다. 슬리퍼를 끌고 반바지와 티셔츠를 걸친 채 터벅터벅 발걸음을 옮겼다. 마음이 심란하니 주위의 꽃과 풀, 나무 들도 제대로 눈에 들어오지 않았다.

20여 분 지났을까. 핸드폰 벨이 울렸다. 이 밤에 누가 전화를 했지. 혹시 상 회사에서 전화한 게 아닌가. 머리카락이 쭈뼛섰다. 최근 본사 직원과 마찰을 빚었던 터라 마음이 편치 않았다. 바지 왼쪽 주머니의 핸드폰을 꺼내 들었다. 발신자 명칭이 엄마로 찍혀있다. '후유-' 안도의 한숨이 절로 나왔다. 동시에 궁금증이 밀려왔다. 엄마가 왜 늦은 밤에 전화를 했을까? 수화기 너머 저쪽에서 잔잔하고 차분한 목소리가 흘러나왔다. "우야가? 요즘 왜 연락이 없노? 잘 있나?" "예, 요즘 바쁜 일이 있어서……." 얼렁뚱땅 둘러댔으나 내 마음이 들킨 것 같았다. '아, 몸은 떨어져 있어도 엄마는 내 의중을 꿰뚫고 있었던 걸까. 이를 두고 이심전심이라고 하는 건가.'

요즘 업무에 시달리고 사람에 치여 하루하루 여간 힘들지 않다. 나의 인내력도 임계점에 도달한 것 같다. 몸과 마음의 에너지가 방전돼 거의 바닥을 드러내고 있다. 돌이켜 보니 직장 생활도 30년을 향해 달리고 있다. 나이도 어느새 지천명을 넘어섰다. 혈기왕성했던 시절이 엊그제 같은데 이제는 낀 세대가 된 것이다. 디지털 마인드로 무장한 후배들이 하루가 다르게 치고 올라온다. 경륜과 경험으로 버티고 있지만 만만치 않다. 때로는 사면초가에 빠진 기분이 들 때도 있다.

그래서 요즘은 가족이나 주위에 연락도 하지 않고 속으로 끙끙 앓고 지냈다. 하루하루 갈등과 불안의 회오리바람이 온몸을 칭칭 감아 오는 것 같다. 이런 탓에 최근 한동안 엄마를 찾아뵙지도 못하고 전화 연락도 드리지 못했다. 엄마는 아들의 뜸한 소식에 뭔가를 직감했던 것일까. 전화상으로는 바쁘다고 얼버무렸지만 내 목소리의 톤과 울림을 간파하며 읽었을지도 모른다.

온갖 상념에 잡혀 산보하다 엄마의 전화를 받으니 눈물이 왈칵 쏟아졌다. 하루하루 힘겹게 지내는 아들이 처한 상황을 알고 있었던 건가. 멀리 떨어져 있어도 엄마는 언제나 나를 걱정해주고 지원해 주는 절대적인 우군이 아닌가.

엄마는 70대 중반이지만 여전히 일을 하신다. 지금도 아들을 걱정하면서 재봉틀을 밟는다. 공교롭게도 엄마의 일터는 내가 근무하는 곳과 가까이 있다. 평소 엄마를 쉽게 만날 수 있어 난 행복하다. 언제라도 내가 들어서면 쌍수를 들고 환영한다. 환한 얼굴로 자리에서 용수철처럼 튀어 오른다. 만지작거리던 옷감을 밀치고 방 안 구석구석을 이리저리 뒤진다. 금세 과일과 음료수가 나온다. 그러면서도 얼굴에는 언제나 환한 미소를 잃지 않는다. 힘들고 피곤하더라도 아들에게 지친 모습을 보여주기 싫어서였을까. 이제 일 그만두고 쉬시라는 말에, 그래도 손자 용돈은 내 손으로 줘야지 하면서 넘어가신다. 아들의 부담을 조금이라도 덜어주고 싶은 마음이리라.

엄마의 일터에는 재봉틀이 한쪽에 덩그렇게 놓여있다. 바닥에는 이런저런 천 조각, 가위, 골무, 인두 등이 널브러져 있다.

그곳에 들렀다 오면 내 바지 이곳저곳에 실밥이 묻어나온다. 엄마의 흔적이자 체취다.

엄마는 30여 년간 한복 짓는 일로 생계를 꾸려왔다. 눈이 오나 비가 오나 하루도 거르지 않고 일터로 나왔다. 엄마의 삯바느질로 우리 4남매는 사각모를 쓸 수 있었다. 지금도 비단과 바늘을 벗 삼아 한복을 빚어내시는 어머니의 모습이 생생하게 떠오른다. 이제 70대 중반에 접어들면서 얼굴에 주름도 켜켜이 쌓였다. 머리도 파뿌리로 변해가고 등도 조금씩 굽어가고 있다.

엄마는 내게 언제나 변함없는 지지자이자 든든한 후원군이다. 엄마도 지금까지 모진 세파를 거뜬히 헤쳐 나가고 있는데 내가 나약해질 수는 없다. 그래, 마음을 추스르고 신발 끈을 다시 매자. 모든 것은 마음먹기에 달려 있는 게 아닌가. 엄마를 떠올리니 용기가 꿈틀거리고 한동안 나약했던 자신이 부끄럽게 느껴졌다.

내일은 환한 얼굴로 엄마의 일터를 찾아 손이라도 잡아드려야겠다. 그러면 왠지 모르게 새로운 힘이 생겨날 것 같다.

아빠라는 이름

시계 침은 벌써 밤 11시를 넘어섰다. 그런데 수민이는 아직 보이지 않는다. 재시험을 치는 걸까. 나는 월요일과 목요일 밤이면 어김없이 수성구 모 학원 앞을 서성거린다.

늦은 밤 딸 수민이를 데리러 가는 건 나의 몫이다. 고개를 드니 저쪽 어둠 속에서 아이가 어렴풋이 보인다. 가방을 걸친 어깨는 축 늘어졌고 걸음걸이마저 비틀거린다. 한 걸음 한 걸음 터벅터벅 옮기는 모습이 애처롭다. 빙긋 웃으며 가방을 불쑥 내밀더니 어디론가 총총히 사라진다. 그 가방이 그렇게 무거운 줄 그때서야 처음 알았다. 수민이는 인근 슈퍼마켓에 들러

삼각김밥과 초코우유를 감싸 들고 허겁지겁 승용차에 오른다.

십여 분 달렸을까. 뒷좌석은 어느새 조용해졌다. 백미러에 비친 아이 모습이 안쓰럽다. 간식을 먹는 둥 마는 둥 비스듬히 몸을 맡긴 채 꿈나라로 접어든 것이다.

이제 중학교 3학년인데 언제까지 이런 고생을 해야 하나. 꿈 많은 십 대 소녀가 아닌가. 재잘거리고 상상의 나래를 펴며 맘껏 뛰놀 때인데……. 그래도 이 교육제도에 적응하려고 애쓰는 딸이 안쓰러우면서도 대견스럽기도 했다.

늦은 밤 마중 가는 게 때로는 짜증스럽고 솔직히 귀찮을 때도 있다. 그러나 이내 스스로 위안을 하며 마음을 다잡아 본다. 어쩜 이게 사는 맛, 자식 키우는 재미가 아닐까. 생활 속의 행복을 잠시나마 짜증으로 여긴 내 자신이 부끄럽다. 수민이가 마중 나온 아빠의 얼굴을 보고 힘을 얻는다면 얼마나 보람된 일이겠는가.

불현듯 어린 시절 나의 부모님 모습이 오버랩되었다. 어머니·아버지는 자식을 위해서라면 무슨 일이든 마다하지 않았다. 두메산골에서 겨우 논 일곱 마지기에 의존한 채 사 남매를 길러냈다. 오뉴월 뙤약볕도 아랑곳하지 않고 온종일 논밭을 헤매며 억척같은 삶을 꾸려나갔다. 교육열은 마을에서 둘째가라면 서러울 정도였다.

부모님은 자식을 공부시켜야 한다는 걸 신앙처럼 여겼다. 특이 맏이인 나에 대한 관심과 성원은 각별했다. 제대로 먹지도, 입지도 못하면서도 모든 걸 자식 교육에 쏟아부었다. 부모님의 헌신 덕분에 우리 사 남매는 사각모를 쓸 수 있었다. 집안의 경제상황에 비춰볼 때 도저히 불가능한 일이다. 부모님은 자식 뒷바라지에 초인적인 힘을 발휘한 것이다.

그에 비하면 나의 행동은 조족지혈이다. 부모님을 떠올리니 각오가 새로워진다. 다음에는 좀 더 즐거운 마음으로 마중을 가야겠다. 자주 웃으면서 아이의 지친 마음을 달래 줘야지. 먼 훗날 이날을 회상하면 아름다운 추억이었다면서 웃음 지을 수 있도록.

마음의 간극

"오늘이 귀대하는 날이지?"

"아빠가 데려다줄까?"

"아! 그럴 수 있어요?"

아들이 3박 4일의 첫 휴가를 마치고 복귀하는 날이다. 아들에게 부대까지 데려다줄 것을 제안했다. 평소 내가 바쁘다는 걸 잘 알고 있는 터라 다소 의아스럽게 들렸던 모양이다.

아들은 편안하게 귀대할 수 있다는 생각에 마음이 한결 가벼운 듯했다. 그는 1시간 정도는 벌었다면서 환한 미소를 지었다. TV 리모컨을 이리저리 누르면서 한껏 여유를 부린다.

부대까지는 승용차로 3시간이면 도착할 수 있는 거리다. 하지만 혼자 가려면 열차를 타고 다시 내려 버스로 갈아타야 하는 번거로움을 감수해야 한다.

내가 아들에게 귀대 차량 서비스를 제안한 속셈은 다른 데 있었다. 아들의 휴가 기간 별다른 대화를 나누지 못했다. 대화는 커녕 아들 얼굴도 제대로 보지 못했다. 그 기간 비상근무에 걸려 아침 7시에 출근하고 밤늦게 귀가하는 날이 이어졌다. 아들로부터 군대생활에 대해 이런저런 얘기를 듣고 싶었고 나름대로 충고하고 싶은 얘기도 한두 가지가 아니었다. 그래서 나는 귀대하는 승용차 안에서 못다 한 대화를 나누고 싶었다.

나는 초행길이라 서두르자면서 오후 4시가 좀 넘어 준비모드로 들어갔다. 내가 서두르는데도 아들은 오후 8시까지 도착하면 된다고 어정거렸다. 하기야 누가 빨리 부대에 들어가고 싶겠는가. 30여 년 전 군대생활을 한 나도 첫 휴가의 설렘은 지금도 잊히지 않는다. 부대 문을 나서 바깥 공기를 마시니 세상이 온통 내 것 같았다. 하지만 귀대시간이 다가오니 째깍째깍 지나가는 시침이 그렇게 야속할 수 없었다. 정말 세상의 모든 시계 침을 꽁꽁 묶어놓고 싶었다. 하루만 더, 아니 한 시간만 더 바깥 세상에 있고 싶었다.

아들도 TV와 벽시계를 몇 번 번갈아 쳐다보더니 어쩔 수 없는 듯 짐을 꾸리고 옷을 주섬주섬 챙겨 입었다. 늘 철부지로 여기고 있었는데 푸른 제복과 모자를 걸치고 군화를 신으니 어엿한 군인으로 손색이 없었다. 180㎝에 이르는 훤칠한 키에 제복을 걸치니 늠름하고 듬직하게 보였다. 그러나 부모 눈에는 체격은 건장할지라도 체력은 늘 걱정이다.

아내는 간식거리로 빵과 과자, 음료수, 과일 등을 한 보따리 챙겼다. 아내는 아들과 한동안 포옹으로 작별인사를 하더니 금세 눈시울을 붉혔다. 눈물지으면서 손 흔드는 아내를 뒤로하고 우리는 승용차에 올라 부대로 향했다. 나는 드라이브하는 기분으로 한껏 여유를 부리면서 천천히 페달을 밟았다. 아들과 대화할 주제도 하나둘 정리하면서.

아들의 눈치를 봐가면서 대화의 보따리를 풀어나갈까 했다. 나의 군대생활 추억도 들려주면서 이런저런 충고도 해 주고 싶었다. 하지만 내 의도는 금세 수포로 돌아갔다. 조수석에 탄 그는 의자를 뒤로 젖히더니 등을 뒤로 눕혔다. 잠을 자나 싶었더니 휴대전화를 꺼내들고 정신없이 만지작거린다. 친구와 채팅을 하는지 게임을 하는지 얼굴에는 간간이 미소를 띠면서 휴대전화 삼매경에 빠져 있었다. 얼마쯤 지나 초코파이 한 개를 꺼내 먹고는 또다시 휴대전화로 시선을 돌렸다. 나는 속이 탔지만 운전에만 전념하면서 모른 척했다.

이러다가는 나의 목표가 물거품이 될지도 모르겠다는 생각이 들었다. 슬쩍 한마디 던졌다. "군대생활 할 만하나?" "뭐 그저 그렇지요." 그는 대수롭지 않게 받아넘겼다. 나는 진도를 조금씩 냈다. "일요일에는 주로 무슨 일을 하느냐. 틈틈이 책도 볼 시간이 있느냐?" 그는 그렇다고 짤막하게 대답하고는 휴대전화 모니터에서 눈을 떼지 않았다. 조금 못마땅해하는 눈치였지만 아랑곳하지 않고 대화의 깊이를 더했다. 틈나는 대로 책도 읽고 선후배 동료들과 잘 어울리면서 사회를 배우는 기회로 활용하라면서 어느새 훈시 비슷한 쪽으로 몰고 가고 있었다. 아들은 따분하고 지루했는지 별 반응을 보이지 않았다. 아니 건성으로 듣는 듯했다.

그는 아빠의 이런저런 주문사항은 알고 있다는 듯 그만뒀으면 좋겠다는 눈치였다. 그 순간 나도 말을 아꼈다. 한동안 어색한 침묵이 흘렀다. 그는 어느새 꾸벅꾸벅 졸고 있었다. 모자를 앞으로 푹 눌러쓰고 고개를 좌로 돌린 채 잠에 푹 빠졌다. 더 이상 그의 수면을 방해하지 않았다. 일방적으로 훈계조로 얘기하지 말고 조용히 데려다줬더라면 점수를 더 땄을 텐데 하는 아쉬움이 남았다. 부모의 욕심이 아들에게 되레 역효과를 준 건 아닌지 걱정이 되었다.

어느새 군부대가 눈앞에 다가왔다. 아들이 몸을 조금씩 뒤

척이더니 눈을 떴다. "아빠, 여기가 어디야?" "부대 다 와 가는데." 그는 옷매무시를 만지고 모자를 바로 쓰면서 복장을 점검했다. 부대가 가까워지자 휴대전화을 꺼내 할머니, 할아버지, 고모, 삼촌에게도 귀대신고를 하는 게 아닌가. 곁눈질로 그 모습을 바라보는 내 입가에는 잔잔한 미소가 묻어나왔다.

부대 정문이 눈앞에 다가왔다. 여유를 가지고 출발한 덕분에 아직 귀대 시간까지 50분 가량 남아 있었다. 부대 주변 식당에서 저녁을 먹고 들어가라고 권했다. 아들은 저녁을 먹으면 늦다면서 그냥 들어가겠다고 했다. 그러면서 이제부터 '~요'라는 말투를 쓰면 안 된다며 혼자 중얼거리는 게 아닌가.

마냥 철부지로 여겼는데 어느새 군기가 바짝 들어 있었다. 과일과 음료수도 챙기라고 하니 취사물은 반입금지라면서 손사래를 쳤다. 그토록 가까이하던 휴대전화는 반입할 수 없다면서 나에게 맡겼다. 한편으로 대견스러우면서도 안쓰럽기도 했다. 그는 뚜벅뚜벅 부대로 향했다. 자세와 걸음걸이 손놀림 등에서 어느새 군인의 티가 조금씩 묻어나왔다. 아들의 뒷모습이 시야에서 완전히 사라지고 나서야 나는 핸들을 돌렸다.

돌아오면서 이런저런 상념이 떠올랐다. 아들에게 내가 하고 싶은 얘기를 몽땅 쏟아내지 않은 게 그나마 다행이었다. 일방적인 훈시를 이어갔더라면 역효과가 났을 게 분명했다. 우리는 승용차를 타고 가는 3시간 동안 거의 말이 없었다. 하지만 묵언 속에서도 마음의 대화는 이어졌다고 생각한다. 이게 이심전심이 아닌가.

돌아오는 길이 아쉬우면서도 흐뭇했다. 창문 너머에서 불어오는 5월의 선선한 바람이 어느 때보다 살갑게 다가왔다.

짧은 만남 긴 여운

여행은 언제나 호기심과 기대감으로 마음을 사로잡는다. 새로운 풍광을 감상하고 별미를 맛보며 낯선 사람들과의 만남은 떠올릴수록 즐거운 일이다. 다채로운 문화와 다양한 삶의 체취를 느끼면서 지적 갈증을 해소해 주기 때문이다. 그곳이 낯선 땅, 먼 곳일수록 호기심과 기대감은 한층 더해진다.

몽골에서 보낸 여름 여행을 잊을 수가 없다. 늘 콘크리트 빌딩 숲에 갇혀 다람쥐 쳇바퀴 돌리다시피 살아온 나로서는 일상의 탈출은 생활 속의 오아시스와 다를 바 없었다. 여행의 대상지도 천혜의 자연, 태고의 신비를 간직한 몽골이 아닌가. 머나먼 낯선 땅에서 자연에 푹 빠져보고 싶은 소망이 실현되는 순간이었다.

나는 온갖 상상력을 끌어들여 몽골 여행을 그려보았다. 광활한 초원, 밤하늘의 별빛, 칭기즈칸의 흔적, 들판에서의 말 타기, 양고기 시식, 게르(몽골식 전통가옥) 체험 등을 떠올리며 상상의 나래를 폈다. 자연에 파묻혀 세파에 찌든 마음의 찌꺼기를 말끔히 털어내고 싶었다. 그 옛날 아시아와 유럽까지 호령하던 유목문화의 속살에 접근하고 싶은 충동도 지울 수 없었다.

몽골은 그러한 나의 기대를 저버리지 않았다. 수도 울란바토르를 벗어나자 모든 게 새롭고 신기했다. 광활한 초원을 누비는 양떼, 하늘을 찌를 듯 위용을 뽐내는 기암괴석, 끝없는 대지에 펼쳐진 야생화의 물결이 절묘하게 어우러져 한 폭의 수채화를 그려냈다. 분명히 몽골은 관광과 자원의 보고였다. 자연과 환경이 사람의 감정을 지배하는 걸까. 콧노래가 저절로 나오고, 만나는 사람 누구에게나 손을 건네면서 인간과 자연을 노래하고 싶었다.

유네스코에 의해 세계문화유산으로 등록된 테를지 국립공원은 비경을 뽐내며 우리를 반겨주었다. 테를지는 넓고 평평한 초원을 안은 채 사방으로 야트막한 산과 기암괴석이 병풍

처럼 둘러쳐져 있었다. 마치 영화 속에서 본 알프스 산자락에
온 느낌이었다.

둘째 날, 초원에 설치된 게르의 잠자리가 익숙하지 않은 탓
인지 새벽녘에 눈이 떠졌다. 시계 침은 오전 5시 30분을 가리
키고 있었다. 초원의 싱그러운 새벽 내음이 그리워 혼자 살며
시 게르를 빠져나왔다. 날이 훤하게 밝아 있었다. 몽골은 백야
현상으로 여름에도 오전 5시면 해가 뜨고 밤 9시가 돼야 해가
진다고 했다.

시선이 지평선 끝자락을 벗어나는 순간, 나도 모르게 감탄
사가 터져나왔다. 비 갠 하늘에 무지개가 선명하게 그려져 있
지 않은가. 우리나라에서는 좀처럼 보지 못한 무지개를 낯선
땅에서 볼 줄이야. 때 묻지 않은 자연이 주는 선물에 가슴이 벅
차올랐다.

이번 여행 기간 자연의 아름다움 못지않게 인간이 뿜어내는
향기에 듬뿍 매료되었다. 테를지 공원에서 만난 몽골 소녀, 절
러를 결코 잊을 수가 없다. 그와의 만남은 당초 여행 일정에는
포함되지 않았다. 테를지 공원에서 승마를 즐기던 중 통역의
소개로 우연히 그의 가족과 만나 그의 집에까지 들르는 행운
을 얻게 됐다. 그의 부모와 할아버지는 우리에게 수태차, 마하
주 등의 전통음식을 내놓으면서 정성껏 맞이해 주었다. 우리

는 식당에서 준비해 간 허르헉(삶은 양고기의 일종)을 내놓으면서 자연스럽게 회식을 가졌다.

술에다 고기안주를 곁들이니 마음의 벽이 금세 허물어졌다. 시원한 바람, 초원의 싱그러운 향기도 분위기를 고조시키는 데 한몫했다. 분위기가 달아오르면서 좌중은 시끌벅적해졌다. 곳곳에서 술잔을 건네며 웃음꽃을 피웠다. 흥에 겨운 때문인지 일행 중 누군가가 즉석에서 구수한 트로트 한 곡을 뽑았다. 곳곳에서 박수가 터져 나왔다.

저쪽에서도 절러의 할아버지가 몽골의 유행가 한 곡으로 화답했다. 칠십대 중반쯤으로 보이는 깡마른 몸매에 남루한 옷을 걸치고 있었지만, 얼굴에 감도는 은은한 미소는 인심 좋은 고향 촌로를 연상케 했다.

우리가 한 곡을 하면 상대도 번갈아 가며 응수하는 식으로 여흥을 이어갔다. 즉석에서 한몽 노래자랑이 벌어진 셈이다. 마하주를 몇 잔 걸친 절러의 할아버지는 나이도 잊은 채 덩실덩실 춤을 추면서 곳곳을 누비며 흥을 북돋웠다. 서너 곡이 흘렀을까. 저쪽에서 어린 소녀가 나서는 게 아닌가. 두 뺨에 발그스레한 빛을 머금은 소녀는 다소 겸연쩍은 표정을 짓더니 자신의 이름을 절러라고 소개했다.

빨간 모자, 분홍색 티, 청색 운동복을 걸친 소녀에게서 자신감이 넘치면서도 수줍음과 겸손함이 묻어났다. 소녀는 밝고 고운 음색으로 열창을 하여 좌중을 단번에 압도했다. 고운 화음과 함께 두 팔을 차례로 앞으로 뻗으면서 손을 몇 차례 감싸쥐는 적절한 제스처는 귀와 함께 눈도 즐겁게 해주었다.

몽골의 말과 글, 문화도 모르지만 우리는 금세 절러의 노래에 빠져들었다. 통역은 국가에 대한 충성, 부모에 대한 효도가 담긴 가사라고 귀띔해 주었다. 그건 별로 중요한 게 아니었다. 내용을 떠나 그의 밝고 고운 얼굴, 자연스러운 감정 처리, 적절한 제스처는 의미를 십분 전달하고도 남았다.

소녀의 노래는 만국 공통어 역할을 톡톡히 하면서 우리에게 여행의 또 다른 감동을 안겨 주었다. 절러의 열창 속에 우리는 부모와 국가를 사랑하는 몽골 유목민의 독특한 정서를 가늠할 수 있었다. 그녀의 깜짝 이벤트에 빠져든 우리는 어느새 국경과 인종의 벽을 허물고 자연스럽게 하나가 되었다. 절러는 민간외교관 역할을 톡톡히 한 셈이다. 우리와 그의 가족은 시간 가는 줄 모르고 축제의 분위기를 이어갔다. 낯설고 머나먼 이역의 땅이 별로 생소하지 않았다.

우리의 이벤트를 자연도 축하해 주는 걸까. 그날따라 초원의 잔디는 그렇게 싱싱할 수 없었고, 높고 푸른 하늘은 그렇게 청명할 수 없었다. 손을 흔들면서 작별을 아쉬워하던 절러의 해맑은 모습이 시간이 지날수록 더 또렷하게 그려진다.

　이제 몽골을 연상하면 말도, 별도, 초원도 아니다. 절러와의 추억이 그 자리를 밀치고 들어와 있다. 몽골에서 보낸 4박 5일 간의 일정 속에 절러와 함께한 시간은 3시간 남짓했지만 마치 3일을 그와 보낸 느낌이 들었다. 이처럼 예기치 않게 찾아오 는 것이 인연인가 보다.

학교가 있는 마을

지난 주말 아내와 드라이브를 나섰다. 도로변에 들어선 학교를 지날 때였다. 무심결에 승용차 브레이크에 발을 옮기면서 학교 쪽을 기웃거렸다. "저기 학교에 한번 들어가 볼까." 아내는 심드렁하게 대답했다. "폐교된 학교에 뭣 하려고요." 운동장은 울퉁불퉁하고 군데군데 잡초가 무성했다. 저 멀리 교사는 낡고 군데군데 허물어져 있었다.

아내의 투정도 아랑곳하지 않고 교문 입구에 차를 세워둔 채 안으로 발길을 옮겼다. 발걸음이 그렇게 가벼울 수 없었다. 학교 울타리로 총총히 들어선 측백나무와 하이 파이브를 하고 교문 양쪽에 당당히 버티고 선 아름드리 플라타너스와 눈웃음을 주고받았다. 운동장 구석구석에 방치된 녹슨 평행봉, 시소, 미끄럼틀에도 한동안 눈길을 주었다. 낯선 곳의 폐교를 거닐다 보니 유년 시절 고향에 들른 것 같은 착각이 든다. 금세 기억의 저 모퉁이에서 추억의 편린들이 하나 둘 꿈틀거렸다.

어린 시절 고향마을 입구에 학교가 들어서 있었다. 그래서인지 지금도 학교가 있는 마을은 언제나 고향처럼 푸근하고 정겹게 다가온다. 마을에 들어서면 제일 먼저 학교가 우리를 안아 주었다. 학교는 동네 뒷산을 병풍처럼 두르고 앞에는 넉넉한 논과 강을 품고 있었다. 한 일一 자로 길게 늘어진 교사에는 교실 8개가 나뉘어 있었다. 교실이 6개였고 나머지는 교무실, 과학실습실이었다. 중간에 교무실이 자리 잡고 학년별 교실이 좌우로 날개를 펴고 있었다. 학생 수가 적어 학년별로 한 반씩밖에 없었다. 6년 내내 한 교실에서 우리는 꿈을 키우고 추억을 쌓았다. 하얀 슬레이트를 머리에 인 단층 건물이었지만 그때 내 눈에는 세상에서 가장 큰 집으로 보였다.

마을에 학교가 들어선 덕분에 여러 혜택도 맛볼 수 있었다. 다른 마을 친구들에 비해 우리는 훌륭한 문화 인프라를 확보하고 있었으니까. 방과 후에도 교실에 남아 시간을 보낼 수 있었다. 교실 뒤쪽에 덩그렇게 놓인 3단형 나무 책꽂이에는 위인전과 동화책 등이 듬성듬성 꽂혀 있었다. 책을 뒤적이다 싫증이 나면 풍금이 놓인 빈 교실을 찾아 건반을 두드려보는 재미도 쏠쏠했다. 분필로 칠판에 마음껏 그림도 그리고 낙서를 할 수도 있었다. 장난기 오른 친구들은 분필가루를 듬뿍 머금은 칠판 지우개를 동료들에게 던지면서 장난을 걸었다. 친구는 그 지우개를 들어 곧바로 반격에 나선다. 교실 곳곳은 분필가루로 뒤범벅이 되었다.

학교는 우리에게 전천후 놀이공간을 제공했다. 어둠이 깔릴 때까지 운동장에서 친구들과 축구를 즐겼다. 일요일에도 학교에서 거진 살다시피 했다. 지천명知天命을 넘긴 지금까지 그다지 잔병치레를 하지 않고 건강을 유지하는 것도 그때 학교 운동장에서 즐긴 뜀박질 덕분이 아닌가 싶다.

고향을 떠난 지도 어언 30여 년이 지났다. 고향을 찾을 때면 어김없이 학교를 찾는다. 그곳에 들어서면 마음이 푸근해지고 넉넉해 온다. 학교가 환하게 웃으면서 양팔을 한껏 벌려 나를 맞이해주는 것 같다. 고민과 스트레스도 봄눈 녹듯 사라진다. 스트레스가 날아간 마음의 공간에는 새로운 에너지가 듬뿍 채워지는 느낌을 받는다.

이제 그런 모교는 사라졌다. 1980년 후반 이농화로 학생 수가 줄어 문을 닫았다. 한동안 덩그렇게 버티고 있다가 몇 년 전에 도회지 재력가의 손에 넘어갔다. 지금은 허물어진 그 자리에 온갖 잡초만 무성하다. 고향에 들를 때마다 특용작물 단지가 조성된다는 둥 별장이 들어선다는 둥 이런저런 소문이 끊이질 않는다.

학생들의 재잘거리는 소리는 온데간데없고 온종일 정적이 감돈다. 지금은 잡초만이 무심히 학교를 지키고 있다. 하지만 그 앞에 서면 그 옛날 친구들의 재잘거리는 소리, 웃는 소리가 귓전에 쟁쟁하다. 정다운 이름, 그리운 얼굴이 하나둘 떠오르고 사라진다. 잠시나마 빛바랜 흑백사진 앨범을 한 장 한 장 들추는 기분에 젖어든다.

농어촌 소규모 학교가 속속 문을 닫는다는 소식을 접할 때마다 마음이 편치 않다. 교육당국은 소규모 학교는 정상적인 교육과정 운영이 어렵고, 학생의 학습권을 제대로 보장하기 어려워 통폐합이 불가피하다는 주장을 편다. 그럴듯한 명분을 들고 있으나 저변에는 경제논리가 도사리고 있는 것 같아 씁쓰레한 마음을 지울 수 없다. 궁극적으로 교육재정의 잣대로 폐교 여부를 가늠한다. 농어촌에 학생 수가 줄어든다고 섣불리 폐교 카드를 꺼내는 건 단편적인 사고가 아닐까. 학교가 그 지역 공동체의 구심체로 복합문화공간의 역할을 하는 점도 고려할 필요가 있다는 생각이다.

간간이 뉴스를 통해 교육당국의 폐교 방침에 맞서 동문과 지역주민들이 합심해 학교를 살려내었다는 소식이 들린다. 그들의 모교 사랑이 부러우면서도 그들의 행동에 고개가 끄덕여진다.

이번 주 어머니와 함께 고향 마을 행사에 참석한다. 이번에도 모교를 찾을 것이다. 교사는 사라지고 교정은 잡초만 무성하지만, 그곳을 가지 않고는 못 배길 것 같다. 잡초더미 속에서도 고향의 공기를 한껏 들이켜고 싶다. 실컷 고향 내음을 맡으면서 그 시절 동무들을 떠올리며 나만의 추억여행을 즐기고 싶다. 벌써부터 마음이 설레고 왠지 힘이 솟아난다.

마음과 배려의 죽비

신록이 절정을 이루던 오월의 마지막 주, 사무실로 푸른빛을 한껏 머금은 싱싱한 수박 한 통이 배달되어 왔다. 택배용 상자 표지에 그려진 큼직한 수박은 입맛을 당기기에 충분했다. 설레는 마음으로 택배물을 받아 든 순간, 나의 눈길은 한동안 수신자 이름에 꽂혔다. 순간 마음은 고향으로 달려가고 가슴에는 잔잔한 감동의 물결이 일렁거렸다. 그는 사십여 년간 고향을 지키면서 농사를 천직으로 여기는 어린 시절 단짝이다.

직장 동료와 나눠 먹으라고 사무실로 수박을 보낸 것 같다. 내 체면을 세워 주려는 그의 속내를 읽을 수 있었다. 고향 친구가 직접 재배한 수박이라면서 동료에게 자랑을 늘어놓았다. 수박을 자르니 꽉 찬 속살이 그렇게 싱싱할 수 없었다. 물오른 과즙이 혀끝에 착착 감겼다. 수박이 이렇게 맛있는 줄은 예전에 미처 몰랐었다. 게다가 그 속에는 우정이 배어 있기에 맛이 배가되지 않나 싶다. 수박을 먹는 게 아니라 우정을 맛보면서 넉넉한 고향의 인심을 들이켰다. 수박은 가격으로 따지면 일만 오천 원 정도에 불과하다. 그러나 내겐 십오만 원 이상, 아니 돈으로 환산할 수 없는 가치로 다가왔다. 우정의 고귀함을 어찌 돈이라는 잣대로 가늠할 수 있단 말인가.

지난해 동창회 모임 때 그가 들려준 수박 재배 과정이 기억의 저편에서 꿈틀거렸다. 그는 겨울에서 초여름으로 이어지는 재배 기간 내내 시간과 전쟁을 치르며 가슴을 졸여야 한다고 말했다. 사십 도를 웃도는 비닐하우스 안에서 오륙 개월 동안 파종에 이어 곁순 제거, 가지치기, 수정작업을 거쳐야 하고, 포기마다 수십 번의 손길을 보내야 한다며 힘든 과정을 털어놓았다. 단계마다 조금이라도 긴장을 늦추면 상품성이 곤두박질친다고 했다. 그날 친구의 얼굴과 손마디를 통해 실상을 가늠해 볼 수 있었다. 얼굴은 검게 그을린 데다 손마디는 굵고 거칠어져 있었다. 지난여름 고향 선배 한 분이 수박을 공판장에 출하할 때는 곱게 기른 딸을 시집보내는 기분이라고 한 말이 예사로 들리지 않았다.

그와 나는 한 마을에서 태어나 초등학교와 중학교도 함께 다녔다. 고향 추억은 그를 빼놓고는 상상할 수 없다. 콩서리, 물싸움, 얼음치기, 토끼몰이 등 숱한 추억을 공유하고 있다. 눈 빛만 봐도 서로 심정을 헤아릴 정도다. 미운정 고운정이 겹겹이 얽혀져 있다. 고향 산하 곳곳에는 우리의 손때가 묻어있다.

내가 상급학교로 진학하기 위해 도시로 나오면서 우리는 제 갈 길로 접어들었다. 그는 집안 사정으로 진학을 포기하고 고향에 남았다. 으레 삽과 곡괭이를 들 수밖에 없었다. 그는 논과 밭을 벗 삼아 묵묵히 고향을 지키면서 마을의 궂은일을 도맡아 왔다. 얼굴은 검게 그을려 있지만 늘 잔잔한 미소가 흐른다. 수십 년간 내려오던 벼농사를 접고 몇 해 전부터 수박 농사로 바꾸었다는 소식을 들었다. 벼농사로 수지를 맞출 수 없다는 그의 말이 한참이나 마음에 걸렸다.

비록 가방 끈은 짧지만 정신연령은 또래보다 훨씬 높다. 나는 생활에 쫓겨 고향과 친구를 소홀히 할 때가 한두 번이 아니다. 때로는 많이 섭섭했을 것이다. 그러나 그는 누구를 만나도 내 안부를 묻는다. 아니, 치켜세워 주기까지 한다. 나를 그리워 해 주는 고향 친구가 있다는 건 무엇과도 바꿀 수 없는 소중한 마음의 자산이다.

중학교 겨울 방학을 맞아 우리는 마을 뒷산에 땔감을 하러 갔다. 낫질과 톱질이 서툰 나는 언제나 짐짝이 초라할 수밖에 없었다. 그는 말없이 한두 다발의 나무꾸러미를 내게로 건네주기도 했다.

돌이켜 보면 나는 매번 받기만 했다. 지난해 여름 고향에 들렀을 때 그는 알이 굵은 감자만을 골라 상자째로 차에 실어주는 따뜻한 마음을 잊지 않았다. 나는 고향에 들러도 마을 앞 가게에서 구입한 만 원짜리 음료수 한 통을 건네주는 게 전부였다. 그는 앞으로는 그냥 오라고 몇 번이나 다그쳤다.

지난 주말에는 고향에 들렀으나 그를 만나지 못했다. 그가 일하는 비닐하우스로 발길을 옮기려다 괜히 부담을 줄까 봐 접었다.

친구가 보낸 수박은 나에게 또 다른 메시지로 던져주었다. 그 수박은 세파에 허우적거리면서 주위를 소홀히 하는 나에게 나눔과 배려의 소중함을 일깨워 주는 죽비로 다가왔다.

2

도넛의 고리처럼

고향의 느티나무

소서가 지나자 폭염의 기세가 만만치 않다. 불볕더위가 일주일째 이어지고 있다. 가만히 앉아 있어도 금세 등에는 땀이 배어 끈적거린다. 간간이 소나기라도 한 줄기 뿌릴 법한데 날씨는 여전히 심술을 부린다. 더위를 피해 시민들이 산과 강으로 빠져나가면서 도심 거리마저 한산해졌다. TV 화면에는 피서 행렬과 피서지 풍경을 주요 뉴스로 시시각각 전하고 있다.

자연 속 시원한 바람이 그리워진다. 몸은 도시에 묶여 있지만, 마음만은 피서 행렬에 실려 있다. TV로 피서 소식을 지켜보노라니 어린 시절 고향의 느티나무가 망막에 겹쳐진다.

마을 어귀에 버티고 있는 우람한 느티나무는 무성하고 싱싱한 이파리를 한껏 뽐냈다. 몸통 둘레는 어른 두 명이 양팔을 뻗어 둘러싸고도 남을 정도였다. 나무줄기는 하늘 높은 줄 모르고 치솟았고 가지는 사방으로 죽죽 뻗어 나갔다.

　가지에 총총히 박힌 진청색 잎사귀는 햇살 한 줌도 허용하지 않은 채 넉넉한 그늘을 선사했다. 그 아래 돗자리를 깔고 시원한 바람을 맞으면 천연 에어컨이 따로 없었다. 그곳에서 더위란 놈은 맥 한 번 써보지 못하고 저만치 물러섰다. 느티나무 그늘은 우리의 피서 일번지이자 힐링 공간이었다. 여름철은 내겐 집 못지않은 생활터전이었다. 방학 때가 되면 또래들과 온종일 거기에서 살다시피 했으니까.

　그런가 하면 놀이터 공부방, 낮잠을 즐기는 다용도 공간이기도 했다. 그 품에 안겨 소꿉장난과 팔씨름을 하고 방학 숙제도 하면서 시간을 쪼개었다. 나뭇가지에 일렬로 달라붙어 웽웽거리며 울어대는 매미 소리도 그렇게 정겨울 수 없었다. 엎드려 동화책을 뒤적거리다가 시원한 바람의 수면제에 취해 나도 모르게 스스로 눈꺼풀이 내려앉았다. 달콤한 낮잠은 몸과 마음의 보양제가 되었다. 그곳에서 먹고 놀다 지루하면 앞 냇가에 나가 놀이를 즐겼다. 물놀이가 심드렁해지면 또다시 느티나무 아래에 몰려와 더위를 식혔다. 우리는 검은 팬티와 흰

러닝셔츠만 걸친 채 시간 가는 줄 모르고 느티나무를 아지트 삼아 여름을 노래했다.

나무 아래서 모시 적삼을 걸친 채 연신 부채질하는 어른들의 넉넉한 모습은 세월이 아무리 흘러도 어제 일처럼 선명하게 떠오른다. 모두 나의 형님, 누나, 부모님 같다. 지금도 그 광경을 떠올리면 마음은 어느새 고향 언저리에 맴돌고 있다.

지난여름 아내와 함께 고향 경로잔치에 참석했다. 모처럼 출향 인사들과 마을 주민들이 윷놀이를 즐기며 흥겨운 한때를 보냈다. 중간 중간에 술과 음식이 오가고 웃음꽃이 피어나며 분위기는 절정으로 치달았다. 그사이 나도 모르게 발길이 마을 어귀 느티나무 쪽으로 옮겨졌다. 나뭇가지와 이파리는 바람에 몸을 맡긴 채 춤추며 나의 발걸음을 당겼다. 온갖 풍상에도 묵묵히 제자리를 지켜온 느티나무가 고마웠다. 강산이 네 번이나 바뀌었는데도 그 시절 추억의 편린들이 하나둘 앞다퉈 고개를 내밀었다. 이렇게 반가웠음에도 왠지 마음 한편이 무거웠다. 당시 왁자지껄하던 느티나무 주변은 조용하다 못해 적막감마저 감돌았다. 인적이 끊긴 채 바람만 이리저리 허공을 가르고 있었다. 농촌의 이농화, 고령화를 맞아 마을 수호신도 쓸쓸히 노후를 맞고 있었던 게다.

뿐만이 아니었다. 느티나무의 몸집도 예전 같지 않았다. 밑둥

치가 군데군데 허연 속살을 드러냈고 가지도 축 늘어져 지친 기색이 역력했다. 세월의 무게가 버거운 듯 군데군데 생채기의 흔적이 드러났다. 총총히 박혀 햇볕 가림막이 되어 주었던 나뭇잎도 듬성듬성 빠져 있었다. 줄기와 가지는 그 틈새로 내리꽂히는 직사광선을 온몸으로 맞고 있어 안쓰러웠다. 나뭇잎 꾸러미는 숱이 시나브로 빠져나가는 내 머리카락과 닮아갔다.

느티나무 아래에 앉아 지난날의 추억을 되새기며 '소리 없는 대화'를 나누었다. 울퉁불퉁하던 마음이 어느새 고요한 연못으로 바뀌었다. 그 대화는 단순한 과거의 회상만이 아니라 내게 위안과 용기를 주었다. 세파에 허우적거리는 나를 감싸 안은 채 정신적 에너지를 북돋웠다. 자연이 띄워주는 '의욕과 용기의 배'에 올라탄 기분이었다. 마음을 바꾸고 다시 살피니 곳곳에 긁히고 벗겨진 느티나무가 젊었을 때 못지않게 아름답게 보였다. 나이는 들었지만 나름대로 매력과 향기를 흠뻑 뿜어내고 있었다. 세월의 흔적을 고스란히 간직하고 있는 자연이 되레 숭고하게 다가왔다.

고향을 떠난 지 40여 년이 흘렀다. 느티나무의 나이테가 늘어나듯 나 또한 어느새 지천명을 넘어 이순으로 치닫고 있다. 체력이며 의욕도 예전 같지 않다. 때로는 나이와 체력 탓을 하며 나약한 모습을 보이고 꽁무니를 빼기도 한다. 그런 내게 느티나무는 무언의 메시지를 던져준다. 세월을 탓하지 말고 연륜과 경험을 살려 세파를 헤쳐 나가라고.

자연으로부터 원숙미의 가치와 소중함을 배운다. 잠자고 있던 용기가 꿈틀거린다. 나도 누군가에게 위로와 용기를 뿜어내는 한 그루 느티나무로 자리매김할 수 있을까.

느티나무가 새삼 인생의 스승처럼 우러러 보인다.

신천을 거닐면서

고층빌딩이 도시공간을 속속 비집고 들어선다. 하늘 높은 줄 모르고 빼곡히 늘어선 고층빌딩 무리들이 도시의 지형마저 바꾸고 있다. 빌딩촌은 편리한 기능 못지않게 후유증도 만만치 않다. 교통난과 일조권 침해 등 불청객이 신경을 건드린다. 이런 분위기 속에선 자연이 그리워지고 녹지와 접한 주거지가 인기를 끌 수밖에 없다.

이런 점에서 난 참으로 행복하다. 마음만 먹으면 언제든지 녹지공간을 찾을 수 있으니 행운이다 싶다. 신천新川과는 걸어서 10여 분 거리에 불과하다. 지금은 코스모스가 가을바람에 몸을 맡긴 채 살랑살랑 반겨준다. 좀 더 걸음을 옮기면 메밀꽃이 환하게 웃으며 발걸음에 힘을 불어넣는다. 흐르는 물줄기를 바라보고 물소리를 들으면 마음까지 후련해진다. 눈과 귀가 즐거워지니 콧노래가 절로 나온다. 신천은 물과 잔디, 나무가 조화를 이루며 도심의 허파 역할을 톡톡히 하고 있다. 신천변을 거닐다 보면 고향으로의 추억여행도 즐길 수 있다.

어릴 적 고향마을 앞에도 하천이 흐르고 있었다. 그것은 단순한 물줄기가 아니라 삶의 터전이었다. 간간이 식수로 사용되기도 하고 늘 들판을 흥건히 적셔주기도 했다. 갈증이 나면 허리를 굽혀 흐르는 물에 입을 댔다. 한두 차례 후후 불고서 그냥 들이켰다. 그때의 시원한 물맛은 지금도 잊을 수 없다. 그 아래에 노닐던 송사리가 줄행랑치던 모습이 아직도 눈에 선하다. 한여름에는 꼬챙이를 들고 이리 뛰고 저리 뛰면서 은어잡이 이벤트를 펼쳤다. 그곳은 우리에게 다양한 이벤트 거리를 제공했다.

하천은 전천후 놀이터였다. 모래사장에서 씨름하고 공차기를 하다 땀에 젖으면 곧바로 물로 뛰어들었다. 끼리끼리 물싸움을 하고 간간이 물고기와 수영 솜씨를 겨루기도 했다.

아쉽게도 동심 속 고향 하천은 더 이상 옛 모습을 찾아볼 수 없다. 수량도 줄고 군데군데 시커먼 기름띠가 감돌고 있다. 산

업화의 물결을 타고 시골 산천도 몸살을 앓고 있다. 상류에 축사가 들어서서 분뇨가 쏟아지고 있다고 한다. 이제 그때의 정겨운 추억을 신천에서 찾고 싶다. 다행히 매년 신천의 수질이 좋아지고 있다니 위안이 된다. 수달이 서식하고 물고기 종류도 늘어난다는 소식도 들린다.

신천 둔치 군데군데 자리 잡은 꽃과 나무는 계절별로 옷을 갈아입으면서 자연의 신비를 드러낸다. 새순이 돋아났나 싶더니, 어느새 신록이 무성함을 뽐낸다. 선선한 바람이 일렁이면 수목은 단풍으로 치장하더니, 금세 열매와 잎을 털어내고 속살을 드러낸다. 몸집을 가볍게 한 뒤 내년을 준비하는 자세가 장엄하기까지 하다.

틈 나는 대로 신천 둔치를 산책한다. 자연과 교감하는 사이에 자연스레 명상의 기회도 갖게 된다. 신천을 가로지르는 징검다리를 건너고 푸른 잔디를 밟으며 물소리를 들으면 어느새 마음도 정화되는 듯하다. 마음의 여유가 생기고 얼굴도 환하게 퍼진다. 자연 속에서 힐링을 체험하는 셈이다. 비가 오나 눈이 오나 제자리를 묵묵히 지키는 자연이 여러 메시지를 던져주기도 한다.

늘 아등바등거리며 삶의 미풍에도 일희일비하는 나의 속 좁은 마음을 꾸짖는 듯하다.

회색 빌딩촌이 시가지를 속속 잠식하는데도 이런 자연이 도심 속에 보존돼 있다는 게 다행스럽다. 개발 붐으로부터 지켜야 할 아름다운 녹색공간이다. 청정하천으로 태어나는 신천을 바라보면서 그 옛날 고향 하천을 떠올린다.

　오늘도 나는 신천을 거닌다. 선선한 가을바람이 그렇게 상큼할 수가 없다.

작별

아직도 그날을 잊지 못한다. 벌써 일 년이 지났지만, 그날의 추억은 세월의 흐름을 비웃기라도 하듯 내 망막에 또렷이 새겨져 있다. 싸늘한 겨울바람이 몰아치던 지난해 초, 15년간 동행했던 승용차와 헤어졌다. 그를 보내던 날, 계기판 주행거리를 확인하고는 깜짝 놀랐다. 수치가 27만 3,000킬로미터를 훌쩍 넘긴 게 아닌가. 따져보면 지구를 다섯 바퀴 돌고도 남는 거리를 나와 동행한 셈이다.

승용차와 헤어지던 날, 막바지 거래를 마치고 중고차 딜러에게 내 스마트 폰을 내밀었다. "차랑 같이 사진 좀 찍어주세요.” 그는 다소 의아해하면서도 금세 내 마음을 읽었는지 순순히 카메라 버튼을 눌렀다. 이렇게라도 흔적을 남겨두어야 마음이 조금은 덜 불편할 것 같았다. 간단히 작별 세리머니를 마치고 자동차 키를 그에게 넘겼다. 그는 아무렇지도 않은 듯 차에 올라 시동을 건 뒤 주차장을 빠져나갔다. 우두커니 서서 떠나는 차를 한참이나 물끄러미 쳐다보았다. 사거리 모퉁이를 지나 시야에서 벗어나고 나서야 눈길을 거두었다.

인연이 쌓일수록 이별의 아픔은 배가되나 보다. 나의 발이 되어준 승용차, 애마와는 2000년 여름 인연을 맺었다. 40대 초반에 만나 50대 중반까지 동고동락했다. 애마는 비가 오나 눈이 오나 주인을 위해 몸을 내놓았다. 한밤의 다급한 출장길에도 불평 한마디 없이 발이 되어 주었다. 주인이 원하면 시골길이든 자갈길이든 마다치 않았다. 24시간 365일 주인의 충직한 비서 역할을 도맡았다. 애마는 단순한 이동 수단이 아니라 나의 분신이었다. 그의 이마와 꼬리에 붙은 ‘대구 70거 51--’. 그건 또 다른 나의 이름이다. 주민등록번호 못지않게 한동안 나를 상징하는 숫자로 내 곁에 머물렀으니.

그는 지난날 우리 가족의 추억을 고스란히 품고 있다. 나뿐만 아니라 자녀 3명도 부지런히 태워 날랐다. 그들은 애마에 의존해 학교로, 학원으로, 전국 구석구석으로 여행을 다녔다.

구입 당시 그는 날렵한 몸매를 자랑하면서 꽤 인기가 있었다. 뒷좌석을 젖혀 눕히면 간이 침실로 변했다. 달리던 차량의 간이 침실에서 이리저리 뒹굴면서 까르르 웃던 아이들의 모습이 눈에 선하다. 당시 10대이던 아들 딸들이 이제 20대의 청년이 되었다.

나는 천성이 게으른 탓에 그를 제대로 돌보지 못했다. 앞 뒤 범퍼가 군데군데 상처가 났고 측면도 이리저리 긁혀 찰과상 투성이였다. 색이 바래고, 찌그러져도 개의치 않았다. 제대로 씻기지도 않고 깔끔한 얼굴과는 늘 거리가 멀었다. 흰색이라 때가 덜 타 그나마 다행이었다. 그래도 그는 한마디 불평도 하지 않고 주인을 위해 충성을 다했다.

세월의 무게는 이겨낼 수 없는 듯 10여 년이 지나면서 조금씩 잔병치레를 했다. 언제부터인가 시동이 제때 걸리지 않고 덜덜거리며 체력의 한계를 드러냈다. 간간이 카센터에 들렀으나 근본적인 체력을 바꾸는 데는 한계가 있었다. '차를 바꾸어야 하나?'

막상 그를 떠나보내려 하니 몇 날 며칠 마음이 아려왔다. 무생물이지만 내게는 생명체와 다를 바 없었다. 애초 폐차하기로 마음먹었으나 막판 임자가 나타나 중고차 딜러를 통해 50만 원에 팔기로 했다. 그래도 수명이 연장된다는 소식이 반가웠다. 딜러에게 넘기기 전에 정비소를 찾아 엔진오일, 에어클리너, 냉각수 등 기본 점검과 연료, 동력 전달장치 등을 두루 손봤다. 수리비가 53만 원이니 배보다 배꼽이 더 큰 셈이다. 따지고 보면 어리석고 밑지는 장사였다. 그러나 나는 털끝만큼도 섭섭하지 않았다.

그와 헤어지고 돌아오는 길에 문득 기시감이 뇌리를 스쳤다. 어린 시절 고향 집에서 팔려 나가는 소의 모습이 오버랩됐다. 소는 젖을 뗄 무렵 우리 집과 인연을 맺어 10년간 함께 지냈다. 소가 우리 집 마구간에 처음 들어섰을 때 가족들은 얼마나 뿌듯하고 흐뭇했는지 모른다. 1970년 당시만 해도 소를 키울 수 있다는 건 가난에서 벗어날 수 있는 상징으로 인식됐다. 아버지는 마음이 설레어 하루에도 몇 번이고 마구간에 들러 소의 엉덩이를 두드리며 흐뭇한 표정을 지으셨다. 어머니는 부지런히 산과 들에서 싱싱한 소 풀을 뜯어 날랐다.

언제부터인가 우리는 그를 '복동이'라 불렀다. 복동이는 우리 집안의 빠듯한 사정을 헤아렸는지 충직하게 봉사했다. 논밭 갈이, 수레 끌기 등 힘들고 궂은일을 마다치 않았다. 단지 머슴 역할만 한 게 아니었다. 매년 송아지 한 마리를 선사하면서 살림 밑천 역할을 톡톡히 했다. 그 송아지를 팔아 우리 4남매 학비와 생활비, 농자재 값을 충당했다. 당연히 우리 집 재산목록 1호에는 복동이가 자리 잡고 있었다. 복동이는 철없이 졸라대는 우리 남매들에게 간간이 듬직한 등을 내주었다. 그의 등에 올라 마을로 돌아올 때는 마치 개선장군이나 된 듯한 기분이었다.

세월이 흐르면서 복동이와도 헤어져야만 했다. 1980년 초 싸늘한 겨울날, 읍내 소 장수가 우리 집을 찾았다. 직감으로 눈치챈 복동이는 방울 같은 눈을 이리저리 굴리면서 겁먹은 표정을 지었다. 그는 큼직한 콧구멍으로 연신 허연 거품을 내뿜고 '음매~'라고 길게 외치며 뒷걸음질쳤다. 한동안 버티다 노련한 소 장수의 손놀림에 어쩔 수 없는 듯 체념했다. 우리는 마을 어귀까지 나와 한참이나 그의 뒷모습을 바라보았다.

나의 길벗, 애마는 지금 누구의 손에 넘어가 어떻게 지내는지 모른다. 새 주인의 품에 안겨 아름다운 동행을 하기를 바랄 뿐이다.

지금도 간간이 거리에 지나가는 흰색 레조를 보면 한동안 눈길이 머문다. 그 시절 고향 집 우리 소의 모습과 함께.

고향의 뒷산

어린 시절 시골에서 자란 덕분에 늘 산과 강을 가까이 할 수 있었다. 고향 마을 뒤에는 언제나 듬직한 산이 병풍처럼 둘러쳐 있고 마을 앞에는 넉넉한 강줄기가 굽이쳐 흐르고 있었다. 전형적인 배산임수 지형이다. 늘 산과 강을 벗 삼아 지냈기에 자연의 소중함을 별로 느끼지 못했다. 우리 마을 뒤에는 해발 500미터가 될까 말까 하는 야트막한 산이 버티고 있었다. 우리 집은 동네 맨 꼭대기 산 바로 밑에 들어서 있었다. 우리의 보금자리 세 칸짜리 초가는 그 산속에 파묻혀 있었다.

부모님은 그 산에 생계 터전을 일구셨다. 논이 모자란 탓에 어머니 아버지가 척박한 산을 삽과 곡괭이로 파고 골라 밭으로 바꾸어 놓았다. 부모님은 수년간에 걸쳐 하루에도 몇 번씩 삽을 들고 곡괭이를 메고 그 산길을 오르내리셨다. 고향의 뒷산은 부모님의 땀과 눈물이 서려 있다. 우리 4남매는 번갈아 가면서 간식을 들고 산길을 오른 기억이 난다.

부모님의 땀과 노력에 힘입어 그 밭은 우리에게 끼니 걱정을 덜어 주었다. 뒷산에 고구마밭, 옥수수밭, 고추밭 등이 옹기종기 들어서 있었다. 척박한 토양이었지만 그곳에서 캐낸 고구마 맛은 꿀이었다. 구워 먹어도, 삶아 먹어도 각각 독특한 맛을 뽐냈다. 생고구마도 즐겨 먹었다. 물기를 한껏 머금은 고구마를 두 쪽으로 나누어 숟가락으로 긁어먹던 모습이 중년에 접어든 지금도 어제 일처럼 생생하다.

그 산은 부모님에게는 고행의 길이었지만, 내게는 놀이터로 자리매김했다. 또래들끼리 능선과 계곡을 누비면서 토끼몰이, 전쟁놀이, 뜀박질을 하면서 해 지는 줄 모르고 놀았다. 소 먹이는 여름철에는 소 떼를 한 곳으로 몰아넣고 친구와 씨름하고 제기차기하면서 우정과 추억을 쌓았다. 산은 전천후 놀이터로 우리를 묵묵히 품었다.

또 마을 뒷산은 우리에게 부식터 역할도 톡톡히 했다. 허기지면 앵두, 오디, 산딸기, 칡뿌리 등을 따 먹고 캐 먹으면서 허기진 배를 채웠다. 자연이 고스란히 빚어내는 웰빙 먹거리를 맛볼 수 있었다. 마을 뒷산은 지금의 마을 슈퍼마켓 역할을 톡톡히 했다. 갈증이 나면 계곡의 물을 그냥 들이켰다. 물이 싱싱하고 깨끗한 데다 맛도 얼마나 좋았는지 모른다.

명절이 되면 동네 형들을 따라 짚으로 굵게 땋은 줄을 뒷산 아름드리 소나무 가지에 걸쳤다. 그넷줄을 매고 줄타기 놀이를 즐긴 것도 뒷산이었다. 그 소나무는 지금도 그 자리에서 우리를 맞이하고 있다.

뒷산은 사계절 아름다운 풍경을 뽐내면서 장관을 연출했다. 봄이면 만개한 진달래로 온 산이 붉게 타올랐다. 여름이면 싱싱하고 짙은 녹색으로 넉넉한 그늘을 드리웠다. 가을이면 붉고 노랗게 물든 울긋불긋한 단풍을 드러냈다. 벌거벗은 겨울 산도 쓸쓸하지는 않았다. 앙상한 나뭇가지에 내려앉은 눈송이는 한 폭의 동양화를 선사했다.

중요한 것이 가까이 있으면 그 소중함은 제대로 모르는 걸까. 그래서 늘 산은 그렇게 서 있고 우리에게 베푸는 존재로만 여겼다. 산이 주는 먹거리와 놀이터 등이 당연한 줄로만 알았다.

고향을 떠나 도시에서 개미 쳇바퀴 도는 직장생활을 하면서 한동안 고향 자연의 소중함을 잊고 지냈다. 그런데 지천명이 넘어서면서 고향의 뒷산이 간간이 떠올랐다. 그제야 자연의 가치와 중요성을 조금씩 깨닫기 시작했다.

나이가 들어가면서 산의 고마움을 부쩍 느낀다. 이따금 산에 오르면서 청량한 공기와 수목을 벗 삼아 심신의 스트레스를 날린다. 정상으로 한 걸음 한 걸음을 옮길 때마다 이런저런 상념에 잠기며 숲속에서 힐링을 맛본다.

다행히 집에서 승용차로 20여 분 거리에 산이 있다는 게 참 다행스럽고 고맙다. 등산로는 굽이치다 펴지고 오르막 내리막을 번갈아 드러내며 나를 안내한다. 정상을 향해 가다가도 간간이 쉼터에 앉아 뒤를 돌아보면 장엄한 시가지가 한눈에 들어온다. 운동을 하면서 시가지를 한눈에 감상할 수 있는 부수 효과도 얻는다.

예전에는 예사롭게 보이던 풀 한 포기, 나무 한 그루, 돌멩이 하나도 소중하게 다가온다. 자연에 취해 세 시간 남짓 등산을 즐긴다. 하산 길에 묵채 한 그릇을 걸치면 세상을 모두 얻은 듯 행복감을 느낀다. 그래서 토요일이면 땀을 흘리면서 체력을 기른다. 이렇게 산은 나에게 체력을 길러주고 힐링의 공간으로 자리매김한다.

등산을 할 때마다 고향의 뒷산이 떠오른다. 이번 주 토요일이면 고향으로 달려가 마을 뒷산에 오르고 싶다. 4월의 신록 속에 파묻혀 추억을 그리며 고향의 체취를 맛보고 싶다.

그리운 그 소리

며칠 전 소와 농부와의 교감을 다룬 영화, '워낭 소리'를 감상할 기회를 가졌다. 영화는 소와 농부와의 애환을 다각도로 조명하며 관객들을 스크린으로 끌어들였다. 나도 금세 영화 속으로 빨려 들어갔다. 시골에서 소를 벗 삼아 자란 내게 이 영화는 자연스레 '노스탤지어Nostalgia'를 일깨워 주었다. 농촌에 뿌리를 둔 사람들이면 소에 대한 애정은 각별할 수밖에 없다.

나도 70년대 중반까지 농촌에서 보냈다. 그때는 집집마다 으레 외양간에는 소가 매어져 있었다. 농사를 짓는 데 소를 빼놓고는 얘기할 수 없었으니까. 지금의 경운기, 트랙터 역할을 소가 대신한 셈이다.

　우리 집 외양간에도 듬직한 암소 한 마리가 버티고 있었다. 소는 논과 밭을 갈고 수레를 끌며 힘든 일을 척척 해냈다. 가을이 되면 수레에 집채만큼 쌓은 볏단도 묵묵히 끌면서 불평 한마디 없었다. 또 철없던 나에게 간간이 등을 내주기도 했다. 소 등에 올라 타고 들판을 누비면 마치 개선장군이나 된 듯한 기분이었다.

　소는 살림밑천 역할도 톡톡히 했다. 매년 송아지 1마리를 쑥쑥 낳았다. 송아지를 팔아 우리 4남매 학비와 생활비, 농자재 값을 충당했으니까. 이쯤 되면 소는 단연 재산목록 1호로 손색이 없다. 또 소는 우리 곁에서 10년간이나 함께했기에 한 가족처럼 정이 들었다.

　어느 날 밤, 그 소가 사라져 버렸다. 외양간 빗장이 걷혀지고 고삐가 풀린 채 자취를 감추었다. 우리는 망연자실茫然自失했다. 마을 전체가 비상이 걸렸다. 어른들은 동네 사랑방에서 '긴급 대책회의'를 열었다. 주민들은 곧바로 행동에 나섰다. 청장년들은 2명씩 조를 편성, 주요 길목을 지켰다. 모두 자기 일처럼 여기고 소 찾기에 '올인'했으니까. 우리 마을에서 외지로 빠져나가는 주요 길목을 철저히 차단했다. 주민들은 교통비와 점심값도 모두 자비自費로 해결했다. 너와 내가 따로 없고 우리만이 있었다. 훈훈한 인심을 나누며 공동체 정신으로 똘똘 뭉쳐 있었다.

온 마을 사람들이 발 벗고 나섰는데도 별다른 진전이 없었다. 아버지의 고민은 깊어갔다. 아버지는 10일쯤 지나 소 찾기를 포기하기로 했다. 이웃에게 더 이상 부담을 주는 건 양심이 허락하지 않았었나 보다. 그러나 마을 원로들이 되레 아버지를 설득했다. "며칠만이라도 더 찾아보세. 좋은 소식이 있을 걸세."

그렇게 해서 며칠이 지났다. '지성이면 감천'이라고 했던가. 포기하려던 참에 낭보朗報가 날아왔다. 파출소로부터 "읍내로 나가는 길목 뒷산에 정체불명의 소가 묶여 있다."는 통보를 받았다.

곧장 그곳으로 달려갔다. 멀리서 보아도 분명 우리 소였다. 소는 주인을 보고도 눈만 껌벅껌벅거렸다. 눈꺼풀을 들어올리는 것조차 힘들어 보였다. 소도 울고 우리도 울었다.

소나무에 묶인 채 며칠을 굶었는지 아사餓死 직전이었다. 워낭은 떼어져 있었고 입은 보자기로 싸인 채 나일론 끈으로 칭칭 감겨 있었다. 고통 속에 허기와 싸우면서 간신히 버티며 가쁜 숨을 몰아쉬고 있었다. 소는 읍내 수의사의 도움으로 긴급 영양제를 맞고서야 겨우 집으로 돌아왔다.

소를 어떻게 찾을 수 있었을까. 그 점에 대해서는 우리와 경찰의 분석이 맞아떨어졌다. 길목마다 감시대가 철통같이 지키는 바람에 절도범이 더 이상 몰고 가기가 불가능했다는 게 일치된 견해였다. 주민들의 포위망이 좁혀오자 절도범은 소를 버리고 도망을 간 게 틀림없었다.

소를 되찾은 그날, 우리 마을은 자연스럽게 축제가 펼쳐졌다. 술과 고기, 과일을 나누면서 그동안의 노고를 서로 위로하며 웃음꽃을 피웠다. 지금도 내 고향은 1977년 봄에 이룬 '주민 단합의 위대한 쾌거'가 전설처럼 전해온다.

지금, 시골 우리 집은 비어있다. 외양간도 반쯤 허물어진 채 잡초로 뒤덮여 있다. 마을 주민들은 줄어들고 빈집은 늘어만 간다. 시대의 변화, 세월의 흐름은 어쩔 수 없다지만 가슴이 아려온다. 간간이 고향에 들러 외양간에 눈길이 닿으면 그때의 추억이 파노라마처럼 스쳐간다.

오늘따라 허연 콧김을 내뿜으며 허공을 향해 '움~머~어~' 외치던 고향집의 소 울음소리가 더욱 그리워진다.

모교의 가을 노래

10월, 바야흐로 축제의 계절이다. 거리 곳곳에는 체육대회와 등반대회 등을 알리는 현수막이 홍수를 이루고 있다. 동문회, 향우회별로 곳곳에서 한마당 잔치가 떠들썩하게 펼쳐진다. 높고 푸른 가을하늘, 울긋불긋한 단풍, 선선한 바람은 행사하기에 안성맞춤이다.

나도 가을이 되면 빠지지 않고 찾는 축제가 있다. 고향에서 열리는 모교 체육대회. 지난주 일요일 열린 우곡중학교 총동창회 체육대회는 여느 해와 못지않게 성대하게 치러졌다. 하늘도 우리를 축하해 주는지 날씨도 그렇게 청명할 수 없었다. 가을 산을 병풍처럼 두른 모교는 변함없이 우리를 반겨주었고, 행사장을 찾은 교장 선생님의 환한 표정은 어린 시절 인자하셨던 모교 교장 선생님의 모습과 자연스레 오버랩됐다.

운동장에는 달리기, 허들레이서, 배구 등 온종일 뜀박질이 이어졌다. 응원석의 박수와 환호가 풍물패와 어우러져 축제의 분위기를 팡팡 띄운다. 승패와 순위는 머릿속에서 지운 지 오래다. 헛발질과 서툰 몸짓도 정겹기만 하다. 그저 동문들끼리 하나됨이 모든 걸 녹인다.

축제는 운동장에서만 펼쳐지는 게 아니다. 운동장을 빙 둘러가면서 들어선 10여 개의 텐트촌에도 분위기가 화끈화끈 달아오른다. 곳곳에서 푸짐한 먹거리가 나오고 삼삼오오 대화의 장이 펼쳐진다. 주최 측과 친구들이 준비한 감과 밤, 땅콩, 고구마, 옥수수 등 가을 별미도 차고 넘친다. 그 맛은 70년대 고향의 가을운동회 입맛을 고스란히 소환해 준다.

웃음지으며 악수하고 정을 담아 건네는 술잔 속에 우정은 무르익어 간다. 여과없이 뱉어내는 친구들의 원색적인 농담도, 취기가 오른 채 비틀거리는 몸짓도 이날만큼은 정겨움으로 다가온다. 선후배들이 자연스럽게 이곳저곳으로 옮겨 가며 전을 펼치니, 어느새 기수별 의미는 사라지고 모교의 깃발 아래 하나가 된다.

자연스럽게 어린 시절 운동회가 떠올랐다. 만국기가 펄럭이는 가운데 우리는 청군, 백군으로 나뉘어 뛰고 춤추며 목이 터져라 응원했다. 운동회는 그렇게 즐겁고 신날 수 없었다. 그 시절 추억이 담긴 운동회를 잊지 못해 우리는 동창회 체육대회라는 이름으로 모여드는가 보다.

오후 2시쯤 되었을까. 마라톤 참가자들은 운동장에 집합하라는 본부석의 코멘트가 흘러나온다. 용기를 내 출발선으로 발길을 옮겼다. 난 간간이 러닝머신을 밟았고 거리도 5㎞에 불과하다고 해 대수롭지 않게 생각했다.

막상 달려보니 만만치 않았다. 단번에 숨이 차오고 발걸음도 무거워졌다. 동료들은 저만치 앞서가는데. 중도에 포기해버릴까. 마음의 갈등이 꼬리에 꼬리를 물었다. 생각 끝에 기록과 등수를 지워버리고 내 페이스를 유지하기로 마음먹었다. 그 덕분에 완주테이프를 끊을 수 있었다. 기록은 저조했지만 소중한 추억을 하나 안고 돌아왔다.

이날 가을하늘 아래서 미소짓는 친구들의 정겨운 모습은 가을꽃보다 아름다웠다. 이래서 사람이 꽃보다 아름답다고 하는가. 천고마비天高馬肥의 계절에 죽마고우竹馬故友들이 펼치는 아름다운 몸짓은 한 폭의 수채화로 내 가슴에 채색돼 있다. 그 수채화는 거친 세파와 심신의 스트레스를 날려주는 청량제 역할을 하리라 믿는다.

　시나브로 어둠이 깔릴 무렵 피날레 축포가 밤하늘을 가르면서 행사를 마무리지었다. 집으로 되돌아오는 발길이 그렇게 가벼울 수 없었다. 마음은 어느새 내년 체육대회로 달려가는 것 같다.

어머니의 도전

여느 때처럼 점심을 먹고 직장 근처 거리 산책에 나선다. 식당에서 나와 신호등을 건너 시내 쪽 우측 소방도로로 몸을 돌렸다. 직장 주변 산책 코스 중 일주일에 한두 차례는 이 코스를 택한다. 칙칙한 도심 골목이지만 이 길을 밟으면 콧노래가 저절로 나오고 머리도 맑아진다.

10여 분쯤 지났을까. 낯익은 콘크리트 3층 건물. 내 몸은 자석에 빨려드는 듯 건물 안쪽으로 쏠렸다. 계단을 밟으려는 순간, 빛바랜 간판이 한동안 눈길을 사로잡는다. 큼지막한 글씨로 쓰인 〈고령 한복〉이라는 간판이 퇴색된 채 박혀 있다. '아직도 저 간판은 떼 내지 않았구나!' 묵묵히 나를 맞이한 그 간판은 어머니의 체취를 말없이 웅변해 주고 있다.

어머니는 몇 달 전까지만 해도 이 건물 2층 한편에 둥지를 틀고 있었다. 40년 가까이 그 일대를 떠나지 않았다. 어머니의 사전에는 쉼표가 없었다. 1년 365일 중 일터에 나오지 않은 날은 명절 때처럼 손가락을 꼽을 정도였다. 거센 비바람도, 눈보라도 일터로 향하는 어머니의 발길을 막지는 못했다. 휴일은 어머니에게 사치스러운 용어일 뿐이었다. 시골에서 도시로 나와 바늘과 실에 의지하여 억척스럽게 생계를 꾸려 나가셨다.

어머니는 조실부모하고 큰외할아버지 밑에서 어린 시절을 보냈다. 당시 농촌 생활이 대부분 그러하듯 외가의 형편도 빠듯했다. 결혼해서도 살림살이가 별로 나아지지 않았다. 일제 강점기 만주로 이주했다가 귀국한 아버지 집안의 형편도 초라하기는 마찬가지였다. 어머니는 광야에 선 기분으로 세파와 온몸으로 맞서 싸워야만 했다. 척박한 마을 뒷산을 파고 뒤집은 뒤 고구마와 옥수수밭을 일구며 등이 휘어질 정도로 삽과 괭이를 끼고 살았다. 그래도 끼니를 걱정해야 할 지경이었다. 그 사이 슬하의 사 남매는 쑥쑥 자라났다. '자식 손에는 흙을 묻히지 않겠다.' 그건 어머니의 신앙과 같았다. 아들, 딸을 공부시키려면 시골에서는 답을 찾을 수 없었다.

부모님의 고민은 갈수록 커졌다. 그 무렵, 고향에 들른 집안의 할머니께서 어머니의 저고리 만지는 솜씨를 눈여겨보고는 한마디 던지셨다. "농사지어서 사 남매 대학 시키는 건 어림도 없다. 도회지로 나와 삯바느질이라도 해보는 게 어떻겠느냐?" 그 할머니는 대구에서 어느 정도 바느질로 명성을 쌓고 있었다. 그 말이 어머니의 마음을 흔들었다. 아버지와 어머니는 한동안 고심하시다가 중대결심을 했다. 1980년 새로운 일터를 찾아 대구로 나오는 모험을 강행한 것이다. 시골에서 어머니의 활동 반경이라야 오일장이 서면 간간이 읍내 장터나 밟아보는 게 전부였다. 당시 대구로의 이사는 지금의 뉴욕, 런던보다 더 멀리 느껴졌던 시절이었다.

40대, 어중간한 나이에 시작한 도회지 삶은 녹록지 않았다. 집안 할머니가 터 잡은 재래시장 2층 허름한 한복집에서 고난의 행군이 펼쳐졌다. 시장통 좁은 길을 비집고 2층 흙계단으로 올라가면 맨 안쪽 한복집이 엄마의 일터였다. 벽돌로 지어진 가게는 벽도 뒤틀려 있고 천장도 일부 내려앉아 마치 방치된 창고 같았다. 천장에서 길게 늘어진 외줄에 매달린 백열전구 불빛은 늘 지쳐 있어 바늘에 실을 꿸 때는 몸을 불빛 쪽으로 기울여야 했다. 어린 마음에 '도시에도 저런 집이 있을까?' 하는 의문이 들었다. 수도 시설도 안 되어 하루에도 몇 번이고 1

층 상가로 내려가 양동이로 길어 올려야 했다. 그건 모두 어머니의 몫이었다. 산과 밭을 누비던 어머니는 온종일 독방에 갇혀 옷감을 끼고 바늘, 실과 씨름하며 세파와 맞섰다.

어머니는 남다른 손재주로 가시밭길을 헤쳐 나갔다. 3~4년쯤 지나면서 이곳저곳에서 독립해 보라는 귀띔을 받았다. 고심하던 어머니는 용기를 내 시장 근처에 한복가게를 냈다. 종업원에서 당당히 주인이 된 것이다. 그때만큼 우리 가족이 기뻐했던 적이 있었을까. 어머니 가게는 입소문을 타고 하루가 다르게 기반을 다져 나갔다. 명절을 앞두고 주문이 밀릴 때는 눈코 뜰 새가 없었다. 잠을 쫓느라 눈을 비벼가면서 일감과 씨름하던 모습이 지금도 눈에 선하다.

7평 남짓한 어머니 가게는 우리 집의 희망이었다. 방 한쪽 귀퉁이에는 재봉틀이 자리 잡고 바닥에는 가위, 못바늘, 다리미, 골무, 실타래, 옷감이 늘어져 있었다. 벽면에는 빨강, 파랑, 노랑, 연두, 분홍 형형색색의 실패가 꽂혀 있고 한쪽에는 자주, 연두, 녹색, 분홍 등 울긋불긋한 옷감이 주렁주렁 걸려 있었다. 어머니는 옷감에 연필로 선을 긋고 가위를 댄 뒤 바늘로 한 땀 한 땀 기워 나갔다. 그때마다 옷감은 어머니의 손놀림에 응답이라도 하듯 새로운 모습으로 피어났다. 어머니는 바느질을 하지 않았더라면 화가가 되지 않았을까?

그런 어머니가 36년간 현장을 지키시다 몇 달 전 가게를 정리했다. 연세가 들면서 기력이 예전만 못하셨다. 세월의 무게는 누구도 비켜갈 수 없는 건가. 어머니의 모습도 예전 같지 않았다. 머리카락도 희뿌옇게 변했고 얼굴의 잔주름도 켜켜이 쌓여간다. 가늘고 고운 손마디도 어느새 거칠어졌다. 40년 가까이 몸을 굽혀 옷감과 씨름하느라 허리도 조금씩 앞으로 기울어졌다.

어머니의 짐 꾸러미를 차량에 싣고 철수하는 날, 뒷좌석에 이모와 나란히 앉은 어머니는 만감이 교차하는 듯 지난날의 소회를 털어놓았다. "처음에는 주위의 괄시와 질투가 너무 심해 가게에 나오는 게 생지옥 같더라. 하루에도 몇 번이고 시골로 돌아가고 싶었다. 그때마다 커가는 아들, 딸들이 눈에 밟혀 참을 수밖에 없었다." 여러 대화 중에서 그 부분은 내 귓전에 천둥처럼 우렁차게 들렸다.

어머니는 집으로 돌아왔는데도 여전히 일감이 끊이지 않는다. 인연을 맺은 주단 집과 단골들이 일감을 들고 집을 찾아오기 때문이다. 그러니 작업장이 시내 점포에서 집으로 옮겨졌을 뿐이다. "이제 일 좀 그만하세요."라고 해도 손사래를 치신다. "손자 용돈이라도 내 손으로 줘야지." 손수 벌어 손자에게 용돈을 쥐여 주는 걸 생활의 낙으로 여기신다. 아직도 어머니의 눈썰미와 정신력은 혀를 내두르게 한다. 고객의 풍체를 육안으로 봐도 앞품, 뒤품, 총장, 진동, 화장 등을 자로 잰 듯 정확히 맞춘다. 지금도 아들, 딸 생일, 결혼기념일, 집안 제사 날짜를 줄줄이 꿰고 있다.

이제 그 골목을 지나도 어머니는 계시지 않는다. 수십 년간 그 길을 지나다 보니 내 발걸음은 관성의 법칙에 젖어 있었나 보다. 돌이켜 보니 어머니의 모습과 일터는 내게 산 교육장이었다. 세파에 허우적거리며 나태해지려는 나를 일깨워주는 죽비였다.

오늘 다시 바라보니 비록 외양은 퇴색한 모습이지만 여전히 보석처럼 빛이 났다.

마음 충전소

　며칠 전 우연히 펼쳐 든 신문의 기사 하나가 눈길을 당겼다. 보건복지부 산하 모 기관에서 50대 이상의 심신 상태를 분석한 내용을 다루고 있었다. '50대 이상의 80%가 혼자 있는 자신만의 공간을 갖고 싶어 한다. 특히 정신노동에 시달리는 화이트칼라일수록 그 비율은 더 높다'는 것이 기사의 핵심내용이었다. 마치 내 속내가 들킨 기분이었다. '사람은 나이가 들수록 자신만의 안식처를 찾는다'는 말에 공감한다. 자신만의 공간을 찾아 세파에서 찔린 상처를 치유하고 위로받으며 용기를 얻고 싶은 건 인지상정이 아닐까. 개인마다 성품과 개성이 다른 만큼 그 안식처도 제각각이겠지만…….

나이가 든 탓일까? 도회지의 각박한 삶에 지친 때문일까? 언제부터인가 혼자 조용히 지낼 수 있는 장소를 갖고 싶었다. 번잡한 도시에서 벗어나 자연 속에서 나만의 자유를 누리고 싶었다. 길 가다 평온하고 아담한 농촌 마을을 만나면 한동안 마음이 머문다. 어느 누구로부터 간섭받지 않고 나만의 자유를 한껏 누릴 수 있는 곳, 그건 어느새 로망이 되었다. 그러나 그런 장소를 얻기란 만만치 않다. 마음속으로 이상세계를 그려보는 것만으로 만족해야 했다.

뜻이 있는 곳에 길이 있다고 했던가. 몇 달 전부터 꿈꾸던 나만의 안식처가 생겼다. 오래전부터 갈망하던 장소가 내 품에 들어온 것이다. 지난해 회사에서 퇴직한 동서가 농촌에 주택 한 채를 마련했다. 야트막한 동산에 자리 잡은 그곳은 옆에 텃밭 30여 평과 푸른 잔디밭 150여 평을 안고 있다. 농촌이라지만 시내에서 승용차로 30분 남짓이면 거뜬히 도착할 수 있다. 주변에 대여섯 채의 전원주택이 옹기종기 들어서 그렇게 외롭거나 쓸쓸하지도 않다. 동서 내외도 도시에 거주하고 있어 드문드문 그곳에 들른다. 소유자는 동서지만 활용빈도는 내가 훨씬 높다.

주말에 별다른 일정이 없으면 그곳을 찾는다. 마치 학창 시절 설레는 마음으로 소풍 가는 기분이다. 처제도 비워놓는 것보다 사람이 찾아야 온기가 돈다면서 나의 이용을 환영한다. 한적한 곳에서 마음을 가다듬고 싶어 혼자 간다. 나의 독특한 성격을 아는 아내도 혼자만의 나들이를 말리거나 나무라지 않는다.

자연 속을 거닐다가 책 읽고 글 쓰며 여유를 즐긴다. 주변 오솔길을 걷다 보면 장미, 민들레, 나팔꽃 등이 앞다투어 미소를 보낸다. 언제 날아왔는지 나비와 고추잠자리가 길동무해 준다. 텃밭에는 철 따라 무, 배추, 고추, 상추, 부추 등 싱싱한 먹거리를 쏟아낸다. 손으로 텃밭의 잡초를 뽑으면 흙의 질감이 그렇게 포근할 수 없다. 마당에 가지런히 다듬어진 푸른 잔디는 눈의 피로를 덜어주며 마음마저 헹궈준다. 생활 속 오아시스가 따로 없다. 앞에는 개천이 유유히 흐르고 눈을 멀리 들면 산허리에 걸린 구름이 춤추듯 너울거리며 서서히 하늘로 몸을 풀어헤친다. 내 마음도 구름에 실려 선계를 거니는 듯 가벼워진다.

눈뿐만 아니라 귀도 즐겁다. 새소리와 매미 울음, 풀벌레 소리가 어우러져 자연의 선율을 자아낸다. 공짜로 자연의 오케스트라에 초대된 기분이다. 밤이 되면 하늘에는 큼지막하게 박힌 별들이 손에 잡힐 듯 다가온다. 자연의 치유를 받은 덕분일까. 몸이 가뿐해지면서 콧노래가 저절로 나온다.

전원주택이라 부르지만, 패널로 엮은 단층짜리 가건물이다. 그래도 내겐 오성급 호텔보다 더 값지다. 동화 속 궁전이 따로 없다. 큼지막한 침대, 최신 냉장고, 널따란 책상, 에어컨, 보일러 시설 등이 갖추어져 아쉬운 게 없다. 피곤하면 낮잠을 즐기고 일어나 시원한 물에 몸을 적시면 마음마저 개운해진다. 시장기가 느껴지면 라면 하나 끓여 먹고 커피 한 잔 마시면 진수성찬이 부럽지 않다. 나물 먹고 팔베개로 소일했던 옛 선비들의 안빈낙도를 조금이나마 체험하는 기분이다. 내겐 단순한 쉼터가 아니라 힐링의 공간, 영혼의 휴식처, 에너지 충전소로 자리매김한다.

나는 전원주택을 '청도별장'이라 부른다. 나름대로 별장 당호를 지어가며 정신적 호사를 누려본다. 행락당, 세심정, 낙락당 등등… 고민 끝에 마음을 씻는 '세심정'이라 부르기도 했다. 마음먹기에 따라 세상이 이렇게 달라 보이니 일체유심조라는 말이 딱 맞아떨어진다.

동서가 기꺼이 내주는 세심정이지만 무료로 드나드니 마음이 쓰인다. 대구로 돌아오는 길에 시장이나 로컬푸드에 들러 감, 복숭아, 옥수수 등 먹거리를 주섬주섬 챙긴다. 간간이 찐빵과 추어탕이 손에 잡힐 때도 있다. 동서 댁에 들러 먹거리를 건네며 마음을 나눈다. 세심정이 자연의 교훈을 일깨우며 동서 간의 정도 키워준다.

세심성에 가는 길은 잡념과 번뇌로 가득하지만 돌아오는 길은 마음에 여유의 꽃이 피어난다. 자연은 크든 작든, 높든 낮든, 모두 나누고 베풀며 아름다운 생태계를 엮어가는 게 아닌가. 주어진 환경을 탓하지 않고 묵묵히 제자리를 지키며 인간에게 사시사철 아낌없이 베푼다.

가을이 절정으로 치닫고 있다. 자연은 찌는 듯한 더위와 거센 비바람을 묵묵히 견디고 나서 푸짐한 열매를 내놓는다. 나도 어느새 지천명이 훌쩍 넘어서면서 가을의 문턱을 기웃거리고 있다. 돌이켜 보니 지금까지 자연과 주위로부터 받기만 했다. 그것이 당연한 줄 알고 적게 받으면 투덜투덜했다. 세심정은 말없는 자연의 속삭임에 귀를 기울이라는 메시지를 던져준다. 나도 이제 마음 속에 아름다운 텃밭 하나 품고 곱게 가꾸며 자연처럼 살았으면……

사랑의 회초리

　2층 로비는 환자들로 북적거린다. 팔과 다리에 석고붕대를 둥둥 감은 중년, 목발에 의지한 채 절룩거리는 젊은이, 다리를 깁스한 채 휠체어에 몸을 맡긴 노인……. 겉모습이 멀쩡한 나는 그들과 함께 있으려니 미안할 정도다.

　의자에 기댄 채 TV를 보며 순서를 기다린다. 20여 분 지났는데도 감감 무소식이다. 궁금증과 짜증이 꿈틀거린다. 지나가는 직원을 붙들고 언제까지 기다려야 하느냐고 물었다. 그는 순서에 따라 간호사가 부를 거라는 말만 남기고 사라졌다. 그의 표정과 말투는 '기다리면 될 텐데 왜 따질 듯이 묻느냐'는 기색이 역력하다. 그러고 보니 로비 왼쪽 창 쪽으로 진료실이 나란히 붙어 있고 간간이 환자들이 들락날락한다.

통증이 찾아온 지 보름이나 됐다. 왼쪽 어깨가 예사롭지 않다. 팔을 위로 쭉 뻗지 못하겠고 등 뒤로 돌리려니 통증이 왔다. 무엇보다 윗옷 입기가 만만찮다. 팔이 소매와 몇 번이나 실랑이해야 겨우 제자리를 잡는다. 그래도 '괜찮아지겠지' 하며 대수롭지 않게 여겼다. 마음의 기대와 달리 시간이 흐를수록 몸은 정반대로 움직였다. 통증의 빈도와 강도가 하루하루 더해갔다. 고집을 꺾고 뒤늦게 직장 근처 정형외과를 찾은 터였다.

얼마 지나 1번 진료실 입구에서 간호사가 내 이름을 불렀다. 막상 진료실에 들어서려니 걱정과 불안이 꼬리를 문다. '의사가 뭐라고 할까?' '수술하라고 하면 어떻게 하나?' 까무잡잡한 얼굴에 검은 뿔테를 걸친 호리호리한 체격의 40대 의사다. "이리 와 앉으세요." 말이 떨어지기도 전에 그쪽으로 의자를 바짝 당겼다. 그는 아픈 지 얼마나 되었는지 묻고 난 뒤 팔을 들어보라고 했다. 잠시 상태를 살핀 뒤 우선 초음파 검사를 받아 보자고 한다.

의사는 컴퓨터 모니터로 사진을 한동안 살펴보며 고개를 몇 차례 갸우뚱거렸다. 그럴 때마다 가슴이 쿵쿵 뛴다. "어깨 근육이 찢어졌네요. 회전근개파열입니다. 우선 약을 먹으며 일주일에 두서너 번 물리치료를 받아 봅시다." 했다. '후유' 나도 모르게 안도의 한숨이 나왔다. 수술을 피할 수 있다는 게 그렇게 반가울 수 없었다. 의사를 만나면 통증 원인, 치료 기간, 주의 사항 등을 질문하리라 마음속으로 별렀다. 막상 병원에 와서는 나의 의도는 온데간데없이 병원 시스템에 끌려갔다. 의사는 처방전을 내느라 컴퓨터 자판만 두드린다. 간호사는 처방전을 내게 건네주고 다음 환자를 부른다.

'병원에 오면 환자는 을이 되어야 하나?' 평소 꼬치꼬치 캐묻고 따지기 좋아하는 내 본성도 그 시스템의 벽을 넘지 못했다. 침대에 누운 채 어깨를 드러내 놓고 물리치료를 받을 때도 언짢기는 마찬가지였다. 통증을 가라앉히며 안정을 취하고 싶었는데 바깥에서 간호사들의 시끌벅적한 잡담이 귓전을 때린다. 감정의 온도가 치솟으니 어깨 통증도 가라앉지 않는 건가. 통증은 호전되기는커녕 더 심술을 부리는 듯 어깨를 자극한다.

그날 퇴근할 무렵 핸드폰에서 문자메시지 알림이 울렸다. 첫 화면에 뜬 두 줄의 문구가 시선을 확 잡아당긴다. 고객 만족도 설문 조사에 참여해 달라는 게 아닌가. '옳거니. 복수의 메시지를 날려주마.' 퇴근을 미룬 채 기꺼이 설문 조사에 응했다. 병원은 접수·수납직원 태도, 의사의 진료상담 태도 등 28개 항목에 대해 친절도를 체크했다. 평소엔 이런 설문 조사는 대부분 거절하거나 건성으로 응했지만 이날은 정성을 다했다. 주관식도 엄격한 잣대를 들이대며 답안지를 빼곡하게 채웠다. 시원한 바람이 마음속 앙금을 훑고 지나가는 것 같았다.

지난주 사무실에서 취재원과 전화를 하다 감정이 폭발한 적이 있다. 어느 순간 목소리가 거칠어지고 속사포처럼 변해갔다. 전화기를 내려놓는 순간 옆자리 동료가 빙그레 웃으며 한마디 던진다. "취재가 아니고 취조하는구먼. 일방적인 훈시에 가깝네." 그는 농담 반 진담 반으로 내 태도를 꼬집었다. 어느새 나도 모르게 직업병이 몸에 밴 건 아닌가? 그때 병원에서 겪은 일이 오버랩됐다. '내가 의사 태도를 나무랄 수 있나?' 의사들도 환자들의 반복되는 질문에 짜증이 날 수 있지 않을까?

며칠 전 어머니를 모시고 고향을 찾았다. 아버지를 여의고 처음 가는 고향길이라 마음이 짠했다. 옆 좌석의 어머니도 상념에 잠긴 듯 내내 창밖을 바라보며 말이 없었다. 마을회관에 들러 어르신들에게 큰절을 올리고 한쪽으로 물러났다. 네댓 명의 팔십대 어르신들은 나를 자식처럼 살갑게 대해 주었다. 그날 화제는 자연스레 선친의 추억을 떠올리는 데 맞추어졌다. 방을 빠져나오려던 차에 어르신 한 분이 살며시 내 손을 잡으며 "자네를 만나니 ○○를 보는 것 같네."라며 눈시울을 붉히는 게 아닌가. 그분의 손마디는 거칠었지만 아버지의 따뜻한 체온이 전해졌다. "자네 어른은 늘 상대를 먼저 생각했지. 나 때문에 몸 상하고 손해 본 적도 있었거든." 순간, 그분의 말씀이 전율이 돼 몸 구석구석을 파고들었다. 그 말씀을 들으니 수년간 마을 이장을 하면서 이웃을 가족처럼 살피시던 아버지의 모습이 생생하게 그려졌다.

고향 어르신은 아버지를 대신해 내게 '역지사지'라는 사랑의 회초리를 들었다. 대구로 돌아오는 길에 아버지의 환한 얼굴과 그분의 따뜻한 음성이 번갈아 떠올랐다.

부끄러움

　나는 친구가 많지 않다. 여러 사람을 두루 사귀며 마당발을 자랑하는 사람이 그렇게 부러울 수 없었다. 한때는 술을 억지로 들이켜 보고 모임을 찾아가며 얼굴을 내밀기도 했다. 나름대로 몸부림을 쳐봐도 취향에 맞지 않아 마음 가는 대로 살기로 했다. 대신 좁고 깊게 사귀는 편이다. 웬만해서는 마음의 빗장을 열지 않고 코드가 맞다 싶으면 그제야 속내를 드러낸다. 캠퍼스에서 만나 30년 우정을 이어가는 K와 H도 그런 성향이다.

　지난해 말, 동기회를 마치고 셋이서 뒤풀이를 가졌다. 취미를 화제 삼아 이야기꽃을 피우다가 매달 한 차례 스크린 골프를 하자는 데 뜻을 모았다. 즉석에서 날짜와 시간, 장소 등에 합의하며 일사천리로 진행했다.

약속한 대로 지난 1월 스크린 골프장에서 3인이 만났다. 사업체를 운영하는 K는 기량이 프로에 가까웠다. 쇼트·미들·롱홀을 가리지 않고 웬만하면 파를 기록하며 멀찌감치 앞서갔다.

나와 H는 허우적거렸다. 첫 라운드에서 1강 2약이 뚜렷이 구분됐다. 그래도 웃고 즐기면서 게임을 마쳤다. 마지막 18홀을 끝내자마자 스크린 보드는 세 명의 점수를 큼지막하게 띄웠다. '75-95-99.' 나는 숫자의 불편한 진실 앞에 잠시 고개를 떨구었다. 상처 난 자존심을 애써 억누르며 쓴웃음을 지었다. 은근히 오기가 발동했다. 그 후 아파트 베란다 귀퉁이에 잠자던 클럽을 깨워 담금질에 나섰다. 나름대로 시간을 쪼개어 가며 연습장을 찾아 자세를 가다듬었다.

우리는 매달 한 차례 웃고 즐기며 우정을 쌓았다. 그런데 몇 달 전부터 K가 늦거나 아예 모습을 드러내지 않았다. 한두 번은 사정이 있겠거니 하고 넘어갔다. 그런데 그게 아니었다. 지난달에는 운동시간을 두 시간 앞두고 H가 전화를 걸어왔다. "K가 오늘 클럽을 준비하지 않았다며 운동을 취소하자는 연락이 왔다."라고 하는 게 아닌가. 나는 순간적으로 짜증이 나고 울화가 치밀었다. '지금이라도 집에 가서 클럽을 가져오면 되지 않나? 아니면 스크린 골프장에서 빌려 쳐도 될 텐데…….' 나는 K의 일방적인 태도에 한동안 머리에 김이 서렸다.

그동안 서운한 감정이 용수철 튀듯 폭발했다. '골프 좀 친다고 우리와 어울리기 싫다는 건가.' 그에 대한 평소 신뢰가 일순간 와르르 무너지면서 딴 사람처럼 보였다. 나는 애꿎은 H에게 따발총처럼 쏘아붙였다. "그 친구, 왜 그래? 한두 번도 아니잖아." 나는 이성을 잃은 채 원색적인 감정을 토해냈다. "내게 직접 연락하지도 않고 우회적으로 전하는 건 비겁한 짓 아닌가." 한동안 듣기만 하던 H는 차분한 목소리로 "네 의견을 K에게 잘 전해주겠다. 너무 서운해하지 마라."라면서 나를 달랬다.

나는 K와 30년간 우정의 끈을 이어왔다. 성장 과정이 비슷하고 가치관도 크게 다르지 않았다. 그는 속이 좁은 나를 늘 배려하고 응원해주는 몇몇 안 되는 벗 중의 한 명이다. 그 일 이후 두 달 가까이 소식을 끊고 지냈다. 나는 그가 먼저 사과하는 게 맞다면서 버텨왔다.

세월이 약이라고 했던가. 시간이 지나면서 은근히 K의 입장이 궁금했다. 'H가 내 입장을 어떻게 전했을까? 그 과정에서 K가 마음의 상처를 받은 건 아닐까?' 이런저런 생각으로 불편한 나날을 보냈다.

지난달 우연히 서랍을 정리하면서 때 묻은 수첩 한 권을 발견했다. 수첩을 주르륵 넘기던 중 〈고마운 분들〉이라는 제목에 눈길이 머물렀다. 첫 번째로 K의 이름이 또렷이 자리 잡고 있었다. 그 아래에는 '이들이 나를 배반할지라도 나는 이들을 배반해서는 안 된다'는 다짐까지 적혀 있었다. 금세 내 기억의 시계추는 20여 년 전으로 돌아갔다. 그때 K는 실의에 빠진 나를 가까이에서 위로해 주었다. 내가 조직에서 떨어져 나와 헤매고 있을 때 묵묵히 손을 잡아 주었다. 어느새 K와 지낸 정겨운 추억들이 흑백필름 돌아가듯 하나, 둘 스쳐 갔다. 나의 모난 마음이 부끄러워졌다.

'내가 먼저 K와의 관계를 회복시켜야 하는 게 아닐까?' 먼저 화해의 자리를 청해야겠다. 골프 실력으로는 그에게 뒤지지만, 먼저 손을 내밀어 장외의 승자가 되고 싶었다. 이런 마음을 다지던 차에 핸드폰 벨이 힘차게 울렸다. 이심전심일까. 화면에 K 이름이 대문짝처럼 떴다. "우리 회사 근처에서 언제 저녁 한 끼 할까?" '아뿔싸, 내가 선수를 뺏겼구나.' "그래, 좋다." 전화상으로 몇 마디만 주고받았는데도 서운한 감정이 봄눈 녹듯 사라졌다.

그날 K는 H와 함께 약속한 장소에서 나를 기다리고 있었다. 얼굴을 보니 웃음만 나왔다. 그간의 서먹함은 온데간데없고 금세 이전의 관계로 되돌아갔다. 평소 가까이하지 않는 술이지만 몇 잔을 들이켰다. 알코올의 힘을 빌려 그간의 심정을 털어놓았다. 그도 자초지종을 여과 없이 토해냈다. 이해하지 못할 구석이 하나도 없었다. 어느새 마음의 안개가 말끔히 걷혔다. 속 좁은 내 마음에 회초리를 들었다.

화해의 자리는 선수를 뺏겼지만 뭔가로 만회하고 싶었다. 분위기가 어느 정도 익어갈 무렵 핸드폰을 받는 척하며 슬그머니 자리를 떴다. 고양이 걸음으로 계산대에 다가가 카드를 내밀었다. '찌이직~' 계산대에서 영수증 흘러나오는 기계음이 그렇게 정겨울 수 없었다. 하얀 쪽지에는 수만 원이 찍혔다. 수십만 원이라도 아깝지 않을 것 같았다. 술집을 나오면서 K와 H는 서로 계산대 앞에서 지갑을 열었다. 나는 뒤를 밟으면서 빙그레 웃었다. "뒷분이 벌써 계산했는데요." 주인아저씨의 목소리에 내 마음의 발걸음이 한결 가벼워졌다.

우리는 서먹함 속에서도 마음은 통하고 있었다. 서로 어색한 관계를 먼저 풀겠다고 다짐하고 있었던 것이었다. 비 온 뒤에 땅이 굳는다고 했던가. 우리의 우정도 한결 견고해질 것이다. 식당을 빠져나오면서 살갗에 스치는 한 줄기 바람이 그렇게 상큼할 수 없었다.

도넛의 고리처럼

요즘은 주택가에도 빵집이 속속 들어서고 있다. 빵은 아침 출근 준비에 바쁜 직장인들의 식사 대용으로 자리매김하기도 한다. 예전과 달리 빵의 종류와 규격도 각양각색이다. 나의 어린 시절에는 도넛, 단팥빵 등 몇몇에 불과했지만 지금은 소보로, 머핀, 크로켓 등 종류도 가지가지다.

우리 집 아이들은 빵을 좋아하지만 나는 별로 좋아하지 않는다. 아침 시간에 쫓기는 아내가 때로는 빵으로 식사를 때울 수 있으련만 꼭 밥을 달라고 한다면서 투정을 부릴 때도 있다. 아침에 아이들 셋 등교 준비하고 출근 준비하느라 바쁜 아내의 심정을 어느 정도 이해하면서도 나는 고집을 꺾지 않는다. 빵으로 아침식사를 때우려고 몇 번 시도해 보았지만 체질상 맞지 않는 듯해 그만두었다. 그래서 고급 빵이라도 별로 달갑게 여기지 않는다. 그러나 도넛을 보면 마음은 달라진다.

중학교 3학년 때의 일이다. 나는 어린 시절 두메산골에서 중학교를 다녔다. 자전거 페달을 밟으며 20여 리를 오갔다. 우리 학교는 남녀공학이었고 3학년이 되면 남녀가 한반에서 수업을 받았다. 가정시간이 되면 여자는 교실을 옮기고 우리는 그 시간 대신 기술 수업을 받았다.

초가을 오후 2~3시쯤이었다. 같은 반 K양이 휴식시간에 나에게 봉지 하나를 슬쩍 내밀었다. 엉겁결에 받고 보니 그 속에는 따뜻한 도넛이 들어 있었다. 갓 튀겨 기름이 반지르르하게 흐르는 도넛은 보기에도 먹음직스러웠다. 가정 시간에 실습용으로 도넛을 만든 것이었다. 교실 뒤쪽에서 혼자 두 개를 급히 먹고 수돗가에 가서 물로 배를 채웠다. 점심을 굶었던 터라 그 맛은 꿀맛이었다.

우리는 졸업을 하고 소식이 끊긴 채 지금까지 지냈다. 하지만 빵집을 지나면서 도넛을 보면 그 시절 추억이 어제 일처럼 떠오르곤 했다. 동기들도 K의 소식을 아는 사람은 별로 없었다. 시장에서 노점상을 하며 힘들게 지낸다는 소리만 간간이 들려왔을 뿐이다.

지난해 겨울에 동기회 회장으로부터 전화가 걸려왔다. K가 동기회장에게 전화를 걸어 고향 친구들에게 한턱을 내겠다는 것이었다. 나는 K라는 이름에 놀랐고 무슨 이유인지 궁금증이 밀려왔다.

반가운 마음으로 약속 장소로 나갔다. 삼십 년 만에 만났지만 단번에 그녀를 알아볼 수 있었다. 세월의 벽을 뛰어넘은 채 우리는 까까머리, 단발머리 그때 그 시절로 되돌아갔다. 술잔을 주고받으며 학창 시절 추억을 안주 삼아 웃음꽃을 피워 나갔다.

거기에서 우리는 K의 아들이 S대에 합격한 것을 알았다. 아들의 명문대 합격기념으로 친구들에게 한턱낸 것이었다. 그는 중학교를 졸업한 뒤 무작정 대구로 올라가 처음에는 섬유공장에서 하루 15시간 정도 일을 했다. 몇 년이 지나도 월급이 오르지 않아 그만두고 시장 옷가게 점원으로 십여 년간 지냈다고 털어놓았다. 지금은 조그마한 옷가게를 하나 차렸고 그런대로 밥은 먹고 지낸다는 것이다.

과외 한 번 안 시켰는데도 명문대에 합격해 줘 고맙다고 아들 자랑도 잊지 않았다. 그의 눈에는 어느새 이슬이 맺혔다. 우리는 서로 그에게 술잔을 건넸다. 분위기는 어느새 시끌벅적해졌다.

나는 K 옆으로 자리를 옮겨 "장하다. 축하한다."라고 말하면서 한 잔을 건넸다. 그는 이 자리 마련을 고민했으나 솔직히 아들 자랑도 하고 싶었고 친구인 나도 보고 싶었다고 속내를 드러냈다. 마지막 그의 말이 나의 가슴을 파고들었다. 살면서 힘들 때 학창 시절 고향 친구들을 떠올리면 힘이 되었다며 아들 합격이라는 조그마한 소원을 성취하고 나니 친구들이 그리워졌다고 말했다. 모진 세파와 싸우면서도 친구의 고마움을 잊지 않고 있었던 것이다.

나는 삼십 년 전 학창 시절 도넛 이야기를 꺼냈다. 놀랍게도 그는 당시 추억을 또렷이 기억하고 있었다. 그는 자기 바로 옆 분단에 앉은 내가 점심을 먹지 않아 배 고플 것 같아 빵을 건넸다고 했다. 사실 그날 어머니가 외가에 간 탓에 나는 도시락도 없이 등교했었다. 점심시간에 슬쩍 자리를 피했는데 그녀는 나를 지켜보고 있었던 것이다. 그녀의 자상함에 다시 한 번 놀랐다. 그녀는 당시 여러 친구에게도 이런 식으로 베풀고 지내왔다는 걸 뒤늦게 알았다.

사연을 듣고 보니 삼십 년 전 도넛의 맛이 새롭게 다가왔다. 우리들의 우정은 도넛의 고리처럼 이어질 것 같았다. 과거를 회상하는 그녀의 눈동자는 촉촉이 빛나고 있었지만 손등은 거칠어 있었다.

대추 이야기

우리 집 거실 창밖에 대추나무 한 그루가 서 있다. 창문을 열고 팔만 뻗으면 언제든지 손에 닿는다. 키가 아파트 2층 높이와 엇비슷하다. 지금은 파란 하늘을 이고서 붉고 탐스러운 열매를 품은 채 가을을 노래하고 있다. 노란 잎사귀가 가을바람에 몸을 맡긴 채 테크노 댄스를 즐긴다. 늘어진 가지에 총총하게 박힌 열매는 불그스레한 얼굴로 바람을 따라 거실 안을 힐끗힐끗 들여다보기도 한다.

대추나무는 사계절 따스한 손길 한 번 받지 않고도 해마다 싱싱한 과실을 토해낸다. 나는 해마다 그 열매를 제일 먼저 맛보는 행운을 누린다. 그때마다 아삭아삭 씹히는 육질과 달짝지근한 과즙에 매료당하는 기분이 그렇게 좋을 수 없다. 대추나무는 내가 심지도 않았고 가꾸지도 않았다. 일 년 내내 물 한 번 주지 않았고 거름 한 자락 얹어준 적도 없다. 그런데도 가을이면 어김없이 별미를 선사한다. 관광버스에 무임승차한 채 보고 먹는 재미를 공짜로 누리는 기분이라고나 할까.

대추나무는 일상에 찌든 마음을 씻어주는 정화제 역할을 하기도 한다. 간간이 대추나무 곁으로 자리를 옮기면 내 마음에도 푸르름이 밀려오는 듯하다. 그 옆에서 차 한 잔을 들이켜다 보면 마음도 가라앉고 차분해진다. 그 순간, 거실 오디오에서 잔잔한 선율이라도 흘러 나오면 생활 속 낙원이 따로 없다. 대추나무는 정신없이 질주하는 나의 생활에 쉼표의 의미와 휴식의 소중함을 일깨워준다.

그런가 하면 계절이 바뀔 때마다 새 옷을 갈아입으며 계절의 변화도 알려준다. 봄이면 연노란 잎을 틔우면서 세상을 향해 살포시 얼굴을 내민다. 여름이면 녹색의 향연을 펼친다. 연약하고 가냘픈 잎사귀가 찌는 듯한 더위와 거센 폭풍을 이겨내면서 싱싱함을 한껏 뽐낸다. 가을이면 노란 단풍을 자랑하면서 곱고 토실토실한 과실을 빚어낸다. 온갖 고초를 무릅쓰고 잉태한 열매를 아무런 조건 없이 세상을 향해 내어 놓는다.

겨울이면 옷을 훌훌 벗어버리고 앙상한 몰골로 엄동설한에 당당히 맞선다. 늘 그 모습, 그대로 그 자리를 묵묵히 지킨다.

대추나무는 시멘트 틈새 척박한 땅에 뿌리를 내리고 있다. 그 비좁은 틈에서 쑥쑥 자라는 게 신기하다. 가을이 되면 가지는 무성한 잎사귀와 풍성한 열매를 품은 채 축 늘어져 있다. 그 모습이 힘겹게 보여 때로는 안쓰럽게 느껴지기도 한다. 대추나무는 이런 환경에도 아무런 불평을 하지 않는다. 묵묵히 그 자리를 지키는 한 그루의 나무가 자연의 신비와 생명의 위대함을 일깨워 준다.

올해는 폭우가 유난히 잦았는데도 가지마다 탐스러운 열매를 빼곡히 달았다. 잎과 열매, 푸름과 빨강이 조화를 이루며 한 폭의 수채화를 그려낸다. 오늘은 거실 밖으로 손을 뻗어 몇 개를 따 입 안에 넣어 본다. 사각사각 씹히는 속살과 달짝지근한 과즙이 단번에 입맛을 사로잡는다. 매년 이맘때쯤, 대추를 따 먹는 재미가 내겐 생활 속의 또 다른 즐거움이다. 대추는 내게 가을 과일의 대명사로 자리매김하고 있다.

대추는 추억여행까지 안겨다 준다. 어린 시절, 고향 집 뒷마당에도 대추나무 한 그루가 자리 잡고 있었다. 하늘을 향해 곧게 뻗은 그 나무는 가을이면 어김없이 먹음직스러운 과실을 쏟아냈다. 건실하게 익은 굵은 대추는 언제나 내 차지였다. 대추가 익을 무렵이면 할머니는 내 손을 잡고 대추나무 밑으로 다가섰다. 할머니는 긴 작대기로 나뭇가지를 몇 차례 이리저리 두들겼다. 그때마다 굵은 알맹이가 소나기처럼 우두둑 바닥으로 떨어졌다. 할머니는 속이 꽉 찬 굵은 알만 골라 맏손자 손에 꼬옥 쥐여 주셨다. 그 순간, 가을 햇살을 머금은 할머니의 환한 얼굴이 그토록 넉넉하고 푸근할 수 없었다.

고향의 가을 추억은 할머니의 환한 미소와 붉게 익은 대추 빛으로 다가온다. 할머니의 사랑을 잊지 말라고 우리 집 창가에 대추나무가 들어선 걸까? 지금 거실 밖 대추나무에 매달린 열매를 보고 있으니 그때, 그 시절이 추억 속의 흑백필름처럼 선연히 떠오른다.

고향을 떠난 지도 어언 삼십 년이 지났다. 할머니는 이제 내 곁에도, 고향 집 대추나무 곁에도 계시지 않는다. 오늘따라 할머니의 모습이 대추 빛깔과 어우러져 자꾸만 떠오른다.

3/
비
주류의
항변

코스모스 향기

　추석 저녁 본가에서 차례를 지내고 오후 10시쯤 돌아왔다. 다행히 내일도 공휴일이라 늦은 밤인데도 비교적 여유를 부릴 수 있었다. 밤이 깊었지만 잠이 오지 않아 밤 11시 30분쯤 배낭을 걸치고 혼자 인근 공원으로 향했다. 배낭에 돗자리, 물 한 병, 하모니카가 담겨 있었다. 아내에게는 바람을 좀 쐬고 오겠다고 둘러댔다. 하지만 속셈은 한적한 곳에서 하모니카 연습을 좀 하고 싶어서였다. 아내도 어느 정도 내 속내를 눈치채고도 묵인했던 것 같다. 명절 저녁, 늦은 밤이라 그런지 공원에는 인적이 뜸했다. 공원 풀밭 벤치에 앉아 하모니카를 꺼냈다. 한밤 조용한 공원에서 거의 1시간 정도는 연습 삼매경에 빠져들었던 것 같다.

집으로 돌아오니 자정이 넘었다. 옆지기는 불평 섞인 목소리고 한마디 내뱉는다. "어디 갔다 이제 왔어요?" "신천에서 하모니카 연습하고 오는데……. 왜?" 곁에 있던 딸도 아내와 한편이 돼 차가운 시선으로 노려본다. 곧이어 아내가 한마디 더 던진다. "뭐 잃어버린 거 없어요?" "없는데……." 하면서도 난 반사적으로 상하의 주머니를 만지작거렸다. "어, 핸드폰이 없어졌네." 순간 당황하고 놀라움으로 온몸이 얼어붙는 듯했다. 한시라도 핸드폰 없이는 불안해서 살 수가 없다. 아내는 얼굴을 조금 풀면서 말을 이어간다. "어느 아주머니가 주워서 보관하고 있다고 하네요. 내일 아침에 찾아가겠다고 했어요."

그날 사연은 이랬다. 내가 자정이 넘어도 집에 들어오지 않자 아내가 내게 전화를 걸었다. 그런데 수화기 저편에서 웬 중년 여성의 목소리가 들려오는 게 아닌가. 그것도 남편이 집을 나간 한밤에. 아내는 의아한 심정으로 "누구시죠?" 하면서 따지다시피 했나 보다. 한데 저쪽에서 공원을 거닐다 핸드폰을 주워 보관하고 있다는 게 아닌가. 그분은 한가위 달이 너무 밝고 환해 공원에 달 사진 찍으러 갔다가 핸드폰을 주웠다고 자초지종을 설명했다. 아내는 그제야 의심을 풀고 고맙다고 하면서 내일 아침에 찾으러 가겠다며 전화를 끊었다고 했다. 순간, 그분에 대한 고마움과 함께 안도의 한숨을 내쉬었다.

시계는 어느새 오전 1시를 가리키고 있었다. 내일 아침까지 핸드폰 없이 지낸다는 게 마음이 편치 않았다. 당장 핸드폰을 손에 넣어야만 잠이 올 것 같았다. 다급한 마음에 집에서 내 핸드폰으로 전화를 걸었다. "밤늦게 죄송합니다. 제가 잃어버린 핸드폰 주인입니다. 결례가 안 된다면 지금 찾으러 가도 되겠습니까?" 나는 조심스럽게 상대방의 반응을 기다렸다. "예, 지금 와도 괜찮습니다." 그녀는 자신의 아파트를 알려주면서 도착하면 정문 앞에서 전화해 달라고 했다. 사례의 표시로 봉투에 3만 원을 넣었다. 하늘에는 휘영청 둥근 보름달이 온 누리를 넉넉하게 비추고 있었다.

그녀의 아파트 입구에서 전화를 걸었다. 잠시 뒤 40대 중반으로 보이는 여인이 손에 핸드폰을 쥐고 나타났다. 그녀는 웃음 띤 얼굴로 "많이 걱정하셨죠?" 하면서 핸드폰을 건네주는 게 아닌가. 그 모습, 그 표정이 보름달만큼이나 밝고 환했다. "늦은 시간 찾아와 미안합니다. 정말 고맙습니다." 하면서 준비한 봉투를 내밀었다. 그는 완강하게 손사래를 쳤다. 한동안 아파트 입구에서 실랑이를 벌였지만 어림도 없었다. '아니 3만 원 아니라 30만 원을 요구해도 줘야 할 입장인데…….'

그분의 이름도, 성도 모른다. 핸드폰을 주워서 돌려준 것도 고마운데, 사례금까지 마다하다니……. 그녀의 진정성을 확인하고는 발길을 돌렸다. 돌아오는 공원 주변에는 코스모스가 둥근 보름달을 머금고 환하게 웃고 있었다. 핸드폰을 건네주던 그녀가 마치 환하게 웃는 코스모스처럼 비치었다.

'고맙습니다. 코스모스 씨, 복 많이 받으세요.' 나는 하늘의 보름달을 향해 그녀의 축복을 빌었다. 나는 그날 행복을 맛보았다. 정말 달콤하고 짜릿했다. 세상이 아무리 팍팍하고 각박해도 이런 분이 있으니 그래도 살맛 나는 곳이라는 걸 실감했다.

오는 길에 나를 되돌아봤다. 나는 주위를 향해 향기 나는 일을 얼마나 했는가? 도움이 필요한 사람에게 따뜻한 손길을 내민 적이 얼마나 있었던가? 아무런 대가 없이 순수한 뜻으로 선행을 베푼 일이 있었나? 곰곰이 자문자답해보았지만, 영 자신이 없었다. 받기만 하고 투정만 부렸을 뿐이다. 그날 밤의 감동은 내게 또 다른 메시지를 던져주는 것 같았다. 자신만을 위해 아옹다옹하지 말고 주위를 둘러보라고. 이웃과 사회에 선행을 베풀면서 봉사하는 삶을 살라고……. 그분의 행복 바이러스를 이제 내가 퍼뜨려야 한다. 봉사를 선택이 아닌 필수로 받아들여야 한다. 비록 조그마한 일일지라도 앞으로 이웃과 사회에 향기를 퍼뜨리는 일에 나서겠다. 비록 서툴고 미흡한 글이지만, 이 글을 조금이나마 그녀를 위한 헌사로 바치고 싶다.

점심시간

"오늘은 뭘 먹을까."

직장인은 점심시간이면 그날 메뉴를 두고 고민하게 된다. 개인마다 취향이 다르기 때문에 한 사무실에서도 동료들과 의견 일치를 보기는 만만치 않다. 상하가 뚜렷하게 구분된 사무실에서는 대부분 윗사람의 의견에 따르는 게 관례다.

하지만 우리 사무실은 다양한 회사 사람들이 모여 있어 의견 일치를 보기가 쉽지 않다. 그래서 보통 두 부류로 나뉘어져 식당을 정할 때도 더러 생긴다. 업무특성상 모두 개성이 강해 식당 선정에도 적당히 타협하지 않는 버릇이 있다. 나는 그날 점심이 공적인 업무의 연장선 상에서 이루어질 때는 사무실 동료들과 함께한다. 이를테면 그 점심이 업무에 관한 정보와 지식이 나오는 곳이라면서 당연히 함께해야 업무감각을 지속적으로 숙지할 수 있다. 그렇지 않을 경우에는 주로 독자노선을 걷는다.

동료들과 함께하는 점심은 으레 식사에 반주가 곁들여진다. 반주라지만 때에 따라서는 분위기에 취해 폭음을 하는 동료도 더러 있다. 난 본래 술도 약하지만 술잔을 주고받으면서 껄껄거리고 잡담을 늘어놓는 분위기를 별로 좋아하지 않는다. 조용하면서 실속 있는 식사 자리를 주로 찾는다. 그래서 주로 외부인들과 점심 자리를 갖는다. 거창한 식당도, 화려한 메뉴도 아니다. 평범한 식당에서 조촐하게 식사를 즐기는 편이다. 식사 시간을 아끼려는 마음도 깔려 있다. 직장인들의 주머니 사정을 감안해 부담이 안 가는 범위 내에서 메뉴를 선택하는 편이다. 칼국수, 비빔밥, 설렁탕 등 가리지 않는다.

식사와 곁들여 반주 한두 잔은 걸칠 수 있으나 그 이상은 제한한다. 술도 약하거니와 조금만 마셔도 금세 얼굴이 붉어져 주변 사람들에게 오해를 살 수 있기 때문이다. 대신 장소가 깨끗하고 조용한가는 가끔식 따진다. 무엇보다 상대방에게 부담을 주지 않으려고 애쓰는 편이다. 그래서 그런지 점심식사 제안이 많이 들어오는 편이다.

식사를 한 끼 나눈다는 건 단순히 끼니 한 끼를 때운다는 것 이상의 의미가 있다. 식사 제안은 상대방에게 다가서고 교류하겠다는 또 다른 메시지가 아닐까. 누구나 음식을 매개 삼아 만나면 분위기가 부드러워지고 여유가 묻어난다. 그런 가운데 나를 알리고 상대를 알게 되는 소중한 자리가 된다. 뿐만 아니라 서로 정보와 지식을 교류하면서 세상 보는 창을 넓힐 수 있는 계기로 작용한다.

나는 이런 배움의 분위기가 좋다. 그래서 점심시간이면 가급적 낯선 사람, 새로운 정보를 가진 외부인들과 만나는 것을 선호한다. 그들을 통해 나의 부족한 부분을 채우고 생활의 지혜도 얻는다. 편안한 사람과 만나 특정분야에 국한되지 않고 담소를 이어간다. 자기 분야의 정보 교류는 물론 시사, 건강, 스포츠, 연예, 문화 등 대화의 지평은 계속 가지를 뻗어나간다. 그러는 사이에 서로 이해하고 공감하면서 돈독하게 유대감을 형성한다. 이렇게 점심자리를 통해 인맥을 넓히고 정보도 구하는 등 일석이조의 효과를 얻고 있다.

며칠 전 고교 선배와 대구시청 근처 칼국숫집에서 점심을 함께했다. 평소 무뚝해 보이고 둔감해 보이던 선배의 폭넓은 상식과 교양에 혀를 내둘렀다. 그는 식탁에 놓인 상추, 수육,

고추, 된장 등에 대한 효능과 가치를 일일이 열거하지 않는가. 아울러 재배 방법과 식물의 습성까지 곁들여줘 산 공부를 하고 나왔다. 조만간 다시 한 번 그 선배와 식사를 나누고 싶었다. 아울러 이런 자리는 나에게 성찰의 자리로 다가온다.

난 여태 이런저런 모임에 지각을 자주 해왔다. 바쁘다는 핑계였지만 나의 지각 습관이 어느새 고착된 것 같았다. 가끔씩은 내가 먼저 와서 상대방을 기다려 보니 지루하기 그지없었고, 때로는 약속시간을 넘기는 상대방이 야속하기도 했다. 그 순간, 나의 지각으로 상대방은 얼마나 마음이 언짢았을까 되돌아본다.

아울러 경청의 소중함, 유머의 중요성을 새삼 되새긴다. 그리고 풍부한 대화를 이어나가기 위한 시사 감각의 중요성도 느낀다. 신문과 방송 등 매스컴을 접하면서 세상 흐름은 어느 정도 감지하고 있어야 대화를 풍부하게 이어갈 수 있음도 깨닫는다. 통상적으로 누구와 만나면 으레 한두 마디 건강상태를 물은 뒤 시사문제로 대화의 안주를 삼는 경향이 많기 때문이다.

또 성급하게 내 의견을 쏟아낼 게 아니라 차분히 상대방의 이야기를 들어줄 때 만남의 가치가 높아진다는 것도. 그리고 대화 중간중간의 맥에 맞춘 순간적인 유머감각을 곁들이면 더

할 수 없는 좋은 만남이 되겠지만 간간이 한두 가지 정도의 유머를 준비해 가면 분위기를 한층 즐겁게 띄울 수 있다.

내게 점심시간은 단순한 육체적 허기를 면하게 해주는 수단이 아니라 정신적 자양분 역할을 한다. 또한 점심시간은 또 다른 배움의 장이다. 그래서 나는 내일 점심시간이 기다려진다. 그분과 만나 어떤 대화를 나누면서 유익하고 경쟁력 있는 대화로 엮어 나갈까 궁리하면서.

비주류의 항변

    나는 술과 친하지 않다. 무슨 신념 때문이 아니라 체질상 술과는 거리가 멀다. 소주 한두 잔만 걸쳐도 얼굴은 금세 홍당무로 변해 오해받기 일쑤다. 직업상 자주 찾아오는 술자리가 여간 부담스럽지 않다. 술자리에 가면 꽁무니를 빼기에 급급하다. 어느 자리에 앉아야 술 세례에서 벗어날 수 있을까를 궁리하기 일쑤다. 잔꾀를 부려도 술자리에 합석한 이상 기본량은 비켜가기 힘들다. 일제히 한 잔을 비워야 한다든지 선배나 상사가 면전에서 술잔을 건네면 피할 길이 없다.

    초반 한두 잔은 그럭저럭 버틴다. 분위기가 익어가면서 잔이 돌고, 급기야 폭탄주마저 춤을 추면 좌불안석이 된다. 비주류는 죄인 아닌 죄인이 된 심정이다. 힘겨운 버티기 작전에 돌입할 수밖에 없다. 입에 갖다 대는 시늉만 하고 슬그머니 잔을 빼돌린다. 자칫 고약한 주당에게 발각되면 벌주를 감내해야 한다. 냉수가 든 잔을 들이켜고도 소주를 마신 것처럼 얼굴을 찌푸려 보기도 한다. 하지만 그것도 한두 번이지 상습적으로 할 수는 없다. 술자리가 마무리되기만을 애타게 기다릴 뿐이다. 시선은 자꾸만 시계 쪽으로 향한다. 냉정한 시계 침은 내 심정도 모른 채 좀처럼 속도를 내지 않는다.

미량의 알코올 공격에도 내 몸은 단번에 신호를 보낸다. 금세 취기가 오르고 얼굴이 불콰해진다. 속이 매스껍고 머리도 어지럽다. 자세가 흐트러지고 어느새 몸도 휘청거린다. 바깥에 나와 냉수를 들이켜며 정신을 가다듬으려 애쓰지만 도저히 버틸 수 없어 일찍 도망친 적도 한두 번이 아니다.

술을 좀 마실 수는 없을까. 몇 달 전 우연히 한의사 친구를 만나 딱한 사정을 털어놓았다. 체질적으로 알코올을 분해하는 효소가 부족하니 적게 마시는 수밖에는 뾰족한 방법이 없다고 했다. 그는 대수롭지 않게 툭 내뱉었지만 나는 그래도 방법이 없느냐고 따지고 싶었다.

한때는 알코올과 맞서기 위해 몸부림을 쳐보기도 했다. 때로는 회식에 앞서 약국을 찾아 알코올 내성제를 복용하면서 전의를 다져본 일도 있다. 술 깨우는 데 그만이라는 약사의 말을 믿고 기대를 했으나 별 효과가 없었다. 몇 년 전에는 잠들기 직전 매일 소주 한두 잔을 들이켜며 주류 대열 편입을 꿈꾸기도 했다. 조금씩이라도 상습적으로 마시면 내성이 쌓일 것으로 여겼으나 허탕만 쳤다.

나에게 술은 수면제와 다를 바 없다. 눈꺼풀은 알코올 무게에 금세 손을 들고 만다. 쏟아지는 하품과 함께 밀려오는 잠을 쫓으려 물에 얼굴을 적셔 보지만 취기는 좀체 사라지지 않는다. 슬그머니 술자리를 빠져나와 허둥대다가 빈 방을 찾아 새우잠을 청한다. 나의 독특한 술버릇을 아는 지인들은 내가 사라지면 옆방부터 수색한다. 피폭당해 쓰러져 있는 나를 발견하곤 깔깔 웃어댄다.

술꾼들은 어느 정도 취기가 돌면 막무가내로 술잔을 돌리며 분위기를 몰아간다. 비주류는 손사래를 쳐보지만 그들의 강공작전을 당해낼 수 없다. 자꾸 제동을 걸다가는 분위기 깨는 사람으로 몰린다. 이쯤 되면 주량과 목소리 크기도 비례한다. 술꾼들은 술잔을 들고 부어라 마셔라 소리를 지르며 좌중을 휘젓고 다니지만, 비주류는 소리를 죽인 채 눈치 보기에 급급하다. 주류는 비주류를 무시하는 듯한 발언도 서슴지 않는다.

"술도 못 마시는 게 뭐 한단 말인가." "주량과 능력은 비례하는 거야." 분위기를 깨지 않으려고 그 자리에서는 씩 웃어넘기지만 마음이 편할 리 없다.

우리 사회는 아직도 폭음으로 인한 실언과 실수에 여전히 관대하다. 술 권하는 사회 풍속도는 갈수록 가관이다. 최근 모 지자체에서 술을 많이 마신 공무원 3명을 뽑아 음주문화상을 주었다고 한다. 술을 많이 마셔 침체된 지역경제를 활성화시켰다는 게 수상의 이유다. 지역 경제를 살릴 방법이 고작 공무원에게 술 권하는 것일까.

음주 자체에 시비를 걸고 싶지는 않다. 술은 신이 내린 가장 멋진 음식이라고 하지 않는가. 대인관계에서도 윤활유 역할을 톡톡히 한다. "술 한잔하세."는 상대방에 대한 관심의 표명이자 마음을 열겠다는 뜻이 스며있다. 평소 쌓인 고민과 불만을 털어놓으면서 마음의 스트레스를 훨훨 날리는 데도 굳이 일조를 한다.

술은 묘한 힘을 지녔다. 몇 잔이 오고 가면 서먹서먹했던 분위기가 봄눈 녹듯이 사라지고 금방 마음의 빗장도 걷힌다. 술판이 무르익으면 너와 나는 어느새 우리는 하나라는 결속의 울타리를 엮는다. 주류의 일체감 속에 비주류는 소외지대로 밀려난다. 주류와 비주류는 자연스럽게 금이 그어진다. 술자리에서 소외받는 비주류에 대한 배려는 별로 없다.

내 주량은 소주 서너 잔이다. 둘이서 삼겹살 안주로 소주 한 병을 비우면 기분이 최고조에 달한다. 그 이상은 고문이다. 마시는 속도도 늦는 편이다. 둘이서 소주 한 병 비우는 데 한 시간은 족히 걸린다. 이런저런 이야기를 나누면서 쉬엄쉬엄 들이켜야 한다. 이 기분을 술꾼들의 무차별 공격으로 침해받고 싶지 않다.

주당들에게 외치고 싶다. 비주류의 애타는 심정과 고통을 조금은 읽어 달라고. 또 주류의 잣대로 상대를 평가하지 말라고. 서로 다름에 대한 인정은 술판에서도 예외가 아니라고.

아! 비주류의 설움이여!

국제 취미

　나는 어릴 적 버릇을 지천명을 넘긴 지금까지 버리지 못하고 있다. 나쁜 버릇을 고치려 수없이 어금니를 깨물어 봤지만 그때뿐이었다.

　초등학교 3·4학년 시절, 수시로 머리에 손을 올리는 버릇이 생겼다. 게다가 머리카락을 뽑는 게 문제였다. 나도 모르게 엄지와 중지 손톱이 집게가 돼 머리 이곳저곳을 무차별 공격했다. 공부할 때가 더 심했다. 책상에 앉아 책을 펼치면 자동으로 손이 머리로 오르락내리락했다. 문제가 풀리지 않거나 이해가 되지 않으면 이런 버릇은 더욱더 도졌다.

머리카락 공격은 특정 부위만 공략하는 게 아니었다. 집중 공격당한 부위는 허연 속살을 드러내 마치 원형 탈모증을 연상케 했다. 손가락이 자주 머리숱을 헤집고 다니니 집중력이 떨어져 학습 효과도 낮아졌다. 책상 주변에는 뿌리째 뽑힌 머리카락이 여기저기 나뒹굴었다.

"아프지 않나?" 나의 버릇을 아는 친구들이 의아한 표정으로 물었다. "아프면 뽑겠나?" 나의 퉁명스러운 대꾸에 친구들은 연신 고개를 저었다. 처음에는 조금 따끔하다가 만성이 되니 아프기는커녕 시원한 느낌마저 들었다.

우리 마을은 초등학교가 있어 방과 후에도 간간이 동네에서 선생님을 만난다. 마을 느티나무 아래에서 친구들과 가위바위보 놀이를 하고 있었다. 때마침 지나가던 교장 선생님이 우리 쪽으로 다가와 나를 빤히 쳐다보시는 게 아닌가. "너는 머리숱이 그리 없노?" 옆에 있는 친구가 한마디 거들었다. "태우는 자기 머리카락을 자기가 뽑아예." 교장 선생님은 고개를 갸웃거리더니 한마디 던지셨다. "국제 취미를 가졌구먼." 내 얼굴은 금세 홍당무가 되었고 쥐구멍에라도 들어가고 싶었다. 그 말은 칼날이 돼 어린 내 가슴을 후벼 팠다. 강산이 네 번이나 더 바뀌었지만, 아직도 그때 교장 선생님의 표정과 국제 취미라는 말이 어제 일처럼 생생하게 떠오른다. 나이가 들어도 그 버릇을 좀체 버리지 못했다. 고등학교 3학년 때는 오른쪽 뒤통수 부근에 맨살이 고스란히 드러난 적도 있었다. 검은 머리에 동그란 살색이 또렷하게 보였다. 속살 부위가 부끄러워 검은 크레용으로 색칠까지 했을 정도다. 지금까지 수만, 아니 수십만 개의 머리카락이 수명을 다하지 못했다. 고맙게도 머리카락이 다시 돋아나는 바람에 대머리는 면했으니 다행이라면 다행이랄까.

악습의 굴레에서 벗어나려고 온갖 몸부림을 쳐봤다. 손톱을 짧게 깎아 보기도 했다. 그래도 별 효과가 없었다. 짧은 손톱으로도 가느다란 머리카락을 잘도 솎아냈다. 손바닥에 호두 두 개를 잡고 이리저리 굴려본 적도 있었다. 의자에 앉아 공부할 때 손은 허벅지 밑에 깔고 책을 읽기도 했다. 그래도 어느새 손은 허벅지를 빠져나와 머리 쪽에서 놀고 있었다. '손에 골무를 끼고 공부를 해야 하나?'

가끔은 의사를 찾아가 상담을 받아 볼까 하는 생각이 들었다. 그때마다 고민하다가 '이게 병원에 갈 거리가 되나?'면서 번번이 마음을 접었다. 내 약점을 누구에게도 드러내고 싶지 않았다. 혹시 비웃음을 살까 봐 지레 걱정하는 소심한 성격도 한몫했으리라.

몇 달 전, 고등학교 친구를 단체 카톡방에서 접할 기회가 있었다. 30여 년 전에 헤어졌지만, 친구는 나를 단번에 기억했다. "틈틈이 머리카락을 뽑던 태우 아니냐."라며 나를 특징 지었다. 그들에게 나는 머리카락 뽑는 친구로 알려져 있었던 게다.

지금은 빈도가 줄어들었으나 악습의 꼬리는 완전히 끊지 못하고 있다. 나도 모르게 간간이 손이 머리로 올라가면서 옛날 버릇이 삐져나온다. 중년이 지나면서 의지의 한계를 느끼고 반쯤 포기했다. '당장 뜯어고치려고 조급증을 내지 않겠다. 악습과 동행하면서 서서히 고치겠다. 사람이 모두 좋은 습관만 있을 수 있나?' 스스로 위로하며 마음을 여유롭게 돌렸다.

몇 달 전, 술자리에서 선배와 정담을 나누던 중, 나의 독특한 버릇을 털어놓았다. 알코올 기운이 감돌아 마음의 무장이 해제된 탓일까. 지금까지 나의 '불편한 진실'을 외부에 공개적으로 드러낸 건 그때가 처음이었다. 무엇보다 그 선배의 푸근한 인상과 인품이 나의 마음을 자연스레 열게 한지도 모르겠다. 내 머리를 힐끗 쳐다본 그 선배는 한마디 던졌다. "머리숱이 그렇게 적어 보이지는 않는데……. 인터넷 건강사이트 들어가면 온갖 고민이 다 올라온다. 거기 들어가서 고민을 털어놔 봐라." '옳거니.' 나도 모르게 무릎을 쳤다. 늘 컴퓨터를 끼고 인터넷을 서핑하면서도 그런 생각을 왜 못 했을까. 무조건 숨기고 감추어야 한다는 강박감에 짓눌려 좀처럼 돌파구를 찾지 못했다.

집에 돌아오자마자 컴퓨터 검색어에 '머리카락 뽑는 습관'을 쳐 넣었다. 한꺼번에 관련 정보가 좌르르 쏟아진다. 질문에 전문가들의 자상한 답변이 꼬리에 꼬리를 물었다. 네티즌의 질문은 나의 고민을 고스란히 옮겨놓은 듯했다. 저절로 고개가 끄덕여졌다. 나 같은 악습으로 끙끙 앓는 사람이 그토록 많은 데 놀랐다. 동병상련을 느끼니 마음이 조금은 홀가분해졌다.

전문가들의 친절한 답변도 만날 수 있었다. "평소 불안, 초조, 강박증이 심하고 완벽을 추구하려는 사람에게 나타난다. 머리카락은 뽑혀도 생기니까 너무 걱정할 필요는 없다. 긍정적인 마인드로 주위 사람과 즐겁게 어울리다 보면 사라질 수 있다." 그동안 납덩이 같았던 마음이 어느새 새털로 바뀌는 듯했다. 되돌아보니 지금까지 시간과 업무에 쫓기며 조급증과 강박감 속에 지내오지 않았던가.

선배의 조언과 인터넷 검색은 나를 되돌아볼 좋은 기회가 되었다. 나의 버릇을 미리 주위에 알렸더라면 벌써 해결책을 찾지 않았을까. 그동안 혼자 끙끙 앓아온 나의 폐쇄성과 소극성이 못내 원망스러웠다.

꽃무리에 묻혀서

　간간이 식사를 함께하며 정담을 나누는 선배가 있다. 대구 시청에 근무하는 그는 업무에 대한 열정 못지않게 여러 방면에 재주가 뛰어나다. 특히 음악과 미술 등 예능 분야에 남다른 소질을 자랑한다. 시청 합창단에 소속돼 테너로 활약한 지 오래됐다. 리더십도 탁월하여 합창단 단무장이라는 중책까지 맡고 있다. 그 선배를 만나 대화를 나누다 보면 예술에 대한 소양의 폭이 한 뼘씩 자라나는 것 같다.

　내가 하모니카와 인연을 맺은 것도 그 선배의 영향이 컸다. 2개월 전쯤, 오랜만에 시청 현관 앞에서 그를 만났다. 안부 인사에 이어 두세 마디 주고받았을까? 그는 요즘도 연습 잘 하고 있느냐며 화제를 하모니카로 돌렸다. 그는 다음 달 시청 합창단 정기연주회 때 우리 하모니카 팀이 특별출연을 해달라고 요청했다. 순간, 고마움보다 당혹감이 앞섰다. 우리는 틈틈이 병원, 경로당, 양로원 등을 찾아 봉사활동을 하고 있지만 공식 무대를 밟아본 적은 없지 않은가.

다음 날 저녁, 연습실에서 회원들에게 그 소식을 전했다. 그런데 내 생각은 기우였다. 모두 한번 해보자며 참여 쪽에 손을 들었다. 난상토론을 거쳐 클래식 분위기가 묻어나는 세 곡을 선정하고 강행군에 들어갔다. 연습량도 일주일에 한 차례에서 두 차례로 늘렸다. '연가', '섬마을 선생님', '석양의 무법자' 악보를 번갈아 넘기며 음색을 다듬어 나갔다. 음의 강약과 빠르기, 높낮이 등을 하나하나 따져가며 무결점 연주에 도전했다. 초반에 삐걱거리고 울퉁불퉁하던 음정과 박자도 날이 갈수록 대패질한 나뭇결처럼 부드러워졌다.

비교적 무난한 곡을 선정했는데도 내게는 만만치 않았다. 박자를 놓치기 일쑤였고 8분, 16분음표 등이 꼬리를 물 때는 템포를 따라가지 못해 구렁이 담 넘어가듯 얼렁뚱땅했다. 또 강약과 완급도 음표에서 벗어났고, 멜로디 변화에 따른 하모니카 교체 시기도 놓쳐 불협화음을 일으켰다. 그래도 회원들은 나무라기는커녕 미소로 힘을 북돋워 주었다. 그들의 미소는 분발하라는 따뜻한 회초리였다. 연습량이 만만치 않은데도 누구 하나 불평하지 않았다. 매번 전원 참석할 정도로 학습 열기가 후끈거렸다. 여러 사람이 통일된 음을 내야 하는 합주는 팀워크가 생명이다. 우리는 거듭된 연습으로 호흡을 맞추며 하모니를 이뤘다. 연주회가 임박해서는 완벽할 정도로 하나가 됐다.

마침내 그날이 왔다. 우리는 한 시간 전에 공연장에 도착해 연주복으로 갈아입고 최종 리허설을 했다. 대기실에서 선보러 나서는 새색시처럼 분장을 하고 옷매무시를 가다듬으며 순서를 기다렸다.

잠시 뒤 13명은 힘찬 박수를 받으며 무대에 올랐다. 실수를 해서는 안 된다는 강박감이 온몸을 칭칭 감아 왔다. '내가 연주를 하기는 했나?' 마무리 인사를 하고 무대를 내려오면서도 머리가 하얘졌다. 10분을 위해 그토록 많은 인고의 시간을 보냈던가. 해방감 못지않게 허탈감이 밀려왔다. 연주 시간은 지금까지 투자한 시간에 비하면 빙산의 일각에 불과하다. 나는 지금까지 공연장에 가면 연주를 감상하고 의례적인 박수를 보냈다. 그러나 이제는 마음이 달라질 것 같다. 연주자들이 무대에 오르기까지의 지난한 과정을 떠올리며 큰 응원의 박수를 보내리라.

하모니카와 인연을 맺은 지도 어언 4년이 지났다. 매주 목요일 퇴근길에 주민센터 취미교실을 찾는다. 그날은 퇴근 무렵이면 발걸음이 솜사탕처럼 가벼워진다. 우리는 '꽃무리 하모니카 봉사단' 깃발 아래 연습과 봉사활동을 이어가고 있다. 회원들은 남녀 13명으로 평균 연령은 60대다. 나이는 물론 직업과 사는 곳이 제각각이지만 하모니카 사랑은 누구에게도 뒤지지 않는다.

내성적인 나는 평소 낯선 조직에 적응하는 데 어려움을 겪고 있다. 어지간해서 상대에게 마음을 열지 않는다. 그러나 이곳에 오면 딴판이다. 내가 먼저 누나, 형수, 형님이라 부르며 살갑게 대한다. 나도 지천명을 훌쩍 넘겼지만 여기서는 가장 막내다. 때로는 내 말과 행동이 무례할 수 있을 텐데도 그들은 막내의 재롱쯤으로 여기며 애교로 봐준다.

나도 이제 인생 2막을 준비해야 할 시점이다. 꽃무리는 내가 퇴직 이후의 충만한 삶을 연결해주는 징검다리 역할을 하고 있다. 회원들과 어울리다 보면 세상 돌아가는 소소한 얘기도 여과 없이 들을 수 있다. 퇴직을 앞둔 나에게 피와 살이 되는 경험담도 더러 듣는다. 하모니카를 배우면서 덤으로 인생수업도 받고 있다.

누가 지었는지는 모르지만 '꽃무리'라는 명칭에 남다른 애정이 간다. 우리 이미지를 함축적으로 반영하고 있기 때문이리라. 꽃이 하나둘 모여 무더기를 이룬 꽃무리, 저마다 독특한 향기와 빛깔을 지닌 회원 한 분, 한 분이 모두 움직이는 꽃송이처럼 다가온다. 늘 환한 얼굴로 주위에 선율의 향기를 퍼뜨리고 있으니까. 그들과 향기 나는 소리의 꽃밭을 거닐면 새로운 에너지가 솟아난다. 꽃무리와 함께 일구어 나가는 연주의 꽃밭은 거칠고 메마른 나의 가슴에 오아시스로 출렁인다.

후배의 마음

선물을 주고받는 모습은 상상만 해도 정겹고 아름답다. 종류와 가격을 떠나 선물, 그 자체가 그리움이고 사랑이기 때문이다. 특히 주는 이의 마음과 정성이 담긴 선물은 상대를 감동시킨다. 정성이라는 무형의 가치가 스며 있기에 단순히 돈으로 환산할 수 없다. 선물은 때로는 삶의 윤활유로, 때로는 생활의 활력소로 자리매김한다.

싸늘한 바람이 옷깃을 스치는 주말 오후, 점심을 먹고 나서 소화도 시킬 겸 인근 서점을 찾았다. 이날 서점 나들이에는 후배 한 명도 동행했다. 그와 나는 틈틈이 책에 대한 지식과 정보를 나누는 정신적 동반자다. 그의 남다른 탐구욕은 나에게 늘 신선한 자극과 충격을 안겨준다.

바깥 공기는 제법 쌀쌀했지만 서점 내부는 열기로 후끈거렸다. 난방기에서 뿜어나오는 온풍보다는 북적거리는 책벌레들의 열정이 분위기를 달구었다. 주위를 둘러보니 그들의 표정과 몸짓도 각양각색이다. 진열대에 턱을 괴고 뚫어지라 책장을 응시하는가 하면, 쪼그려 앉아 책갈피를 이리저리 뒤적이며 수첩에 뭔가를 옮겨 적는다. 아동코너 쪽에서는 꼬마들이 엉덩이를 아예 바닥에 깔고 독서삼매경에 푹 빠져있다. 초롱초롱한 눈빛으로 아래위를 훑으며 책장을 넘기는 모습이 그렇게 대견스러울 수 없었다.

나는 잠시나마 책 밭에서 글 냄새를 맡으며 달콤한 사색의 시간에 빠졌다. 진열대에 널려 있고 책장에 꽂혀있는 방대한 책들은 지적 향기를 발산하며 나의 발길을 당겼다. 소설, 역사, 처세, 외국어 코너 등을 두루 돌아다니니 시간 가는 줄 몰랐다. 간간이 책장을 넘기고 목차를 훑어보며 맛보기를 즐겼다. 양서는 나에게 지적 호기심을 채워주고 세상과 소통하는 창의 역할을 하니까. 서점을 들락거릴 때마다 영혼의 키가 한 뼘가량은 자라는 듯하다. 그래서 당장 구입할 책이 없더라도 시간이 나면 간간이 서점을 찾는다. 서점 나들이는 생활 속의 또 다른 즐거움이다.

우리는 각자 흩어져 책 밭을 거닌 뒤 약속시간 서점 출구에서 만나기로 했다. 웬일인지 10분을 넘겼어도 후배는 나타나지 않았다. 휴대전화를 연신 눌러대도 반응이 없었다. 짜증이 조금씩 고개를 들려는 순간, 후배가 저쪽에서 허겁지겁 달려오는 게 아닌가. "왜 이리 늦었노."라며 한마디 쏘아붙였다. 그는 빙그레 웃더니 쇼핑백 속에서 책 한 권을 불쑥 꺼내 나에게 주었다. 기분이 얼떨떨했다. 책은 포장도 되지 않았고 값이 그렇게 비싸지도 않았다. 그런데도 기분이 묘하고 짜릿했다. 'ㅇㅇㅇ 강의 유머 기법'이라는 제목을 바라보는 순간, 짜릿한 기분은 배가됐다. 책의 종류와 가격을 떠나 후배의 마음 씀씀이가 내 마음을 흔들었다. 그는 내가 간간이 학생과 공무원 등을 대상으로 특강을 하는 걸 눈치채고 있었던 것이다. 강단에 오를 때마다 유머를 곁들여 살아있는 강의를 하고 싶은데, 그게 만만치 않다는 평소 내 푸념을 유심히 새겨들었나 보다.

그 책은 나에게 단순한 선물 이상의 의미로 다가왔다. 바깥의 싸늘한 기운은 어느새 훈풍으로 변해 가슴을 파고들었다. 가격은 일만 오천 원이지만 나에겐 십오만 원, 아니 백오십만 원 이상의 가치로 읽혔다. 금전으로 환산하는 게 어쩜 무의미한 일인지도 모른다. 상대의 마음을 읽어내는 조그마한 성의

가 이렇게까지 사람을 감동시키는 건가. 후배는 이 책을 고른다고 약속시간을 조금 넘긴 것이다. 내게 가장 필요한 책을 찾느라 서점 이곳저곳을 뒤적거렸다는 걸 뒤늦게 알았다. 그 순간, 후배에게 퉁명하게 쏘아붙인 말이 부메랑이 돼 돌아오는 듯했다. 그 선물은 베풀기보다 받기에 급급한 나의 속물근성에도 회초리를 드는 것 같았다.

집에 와서 찬찬히 책장을 넘겼다. 페이지가 넘어갈수록 재미가 솔솔 묻어나왔다. 진작 이 책을 만났더라면, 하는 아쉬움이 일렁거렸다. 그 속에는 후배의 따뜻한 마음도 함께 묻어 나왔다. 이제, 그에게 뭐로 보답해야 하나. 그것을 곰곰이 떠올리는 재미가 또 다른 행복으로 다가왔다.

달력 속에는

"지금 오고 있나. 언제쯤 도착하겠노?"

"뭐, 오늘 무슨 일 있나?"

"오늘 김 국장하고 점심하기로 했잖아."

"뭐, 뭐라고?"

친구 K는 나의 의아한 태도에 많이 놀란 듯 당황해하는 목소리가 역력하다. 오늘은 내가 친구 K와 김 국장과 오찬을 주선해 주기로 한 날이다. 서로 날짜가 잘 맞지 않아 몇 번 시도한 끝에 어렵사리 마련한 자리다. 친구는 내가 약속장소에 오는 줄 알고 미리 점심까지 주문해 놓았던 것이다. 나는 그와의 약속을 까맣게 잊고 있었다. 곧바로 스마트 폰을 열어 일정표를 점검해 보았다. 그러나 일정표 점심 약속이 적혀 있지 않았다. 스마트 폰만 믿고 약속이 없는 걸로 생각했다. 큰 실수를 한 셈이다. 나중에 뒤늦게 확인해 보니 사무실 탁상달력에는 점심 일정표가 기록돼 있었다.

내 책상 위에는 언제나 탁상달력이 놓여 있다. 큼지막한 한 장이 30개의 조그마한 네모 칸을 품고 있다. 한 달이 한눈에 쏙 들어와 일정 관리에 안성맞춤이다. 스마트 폰에도 달력과 메모 기능이 있지만 종이 달력에 더 정감이 간다. 내가 직접 손으로 꾹꾹 눌러 쓴 글씨가 박혀있는 달력이 더 미덥고 안전하다.

올 초 새로운 탁상 달력으로 교체하기 위해 지난해 달력을 거두었다. 대수롭지 않게 여기고 버리려다 잠시 손길이 멈추었다. 나도 모르게 역순으로 달력을 넘겼다. 12월, 11월, 10월……. 달력은 지난 1년의 행적을 말없이 웅변하고 있었다. 그때, 그날의 일과가 또렷하게 떠오른다. 마치 흑백영화 필름을 뒤로 돌리며 타임머신에 올라탄 기분이었다. 나도 모르게 웃음이 나오고 표정이 일그러질 때도 있었다. 때로는 군데군데 나만이 알고 있는 기호와 부호가 난수표처럼 새겨진 경우도 있다. 그 난수표 속에 나만이 간직하고 있는 비밀을 풀어내는 재미가 쏠쏠하다. 달력은 단순한 일정 관리를 넘어 비망록으로 내게 다가온다.

　달력은 나의 스케줄을 관리하는 비서 역할을 해준다. 나는 수시로 오찬 일정, 취재 약속, 원고 마감, 모임 등을 적어 넣고 일정을 점검한다. 하루에도 수십 번씩 달력과 눈길을 주고받는다. 빈칸도 더러 있지만 대부분 약속과 일정으로 까맣게 덮여 있다. 달력을 바라보면서 원하는 업무를 성취했을 때는 뿌듯해지고 희망의 단어로 가득 채워지면 상쾌해진다. 친구와 만난 약속을 떠올리면 그와 주고받은 대화 내용, 그의 표정, 제스처 등이 생생하게 떠오른다. 그 속에 그의 체취마저 묻어있는 것 같다. 달력은 내가 세상과 소통하는 또 다른 공간인 셈이다. 일정이 빼곡하게 새겨진 날을 바라보면 참 바쁘게 살았구나 싶어 뿌듯해진다.

　연말이 되면 달력의 수명은 다한다. 처분하려니 마음이 자꾸 뒷걸음쳐 망설여졌다. 그래서 계속 만지작거리다 고이 보관하기로 마음을 먹었다. 먼 훗날 2015년, 그해에는 무엇을 했을까? 이런 상념에 사로잡히면 달력을 들추어보면서 그때의 추억을 더듬어 보리라.

　달력은 시간의 빠르기와 시간의 가치를 고스란히 일깨워 주기도 한다. 엊그제 일 같은데 더듬어 보니 벌써 3~4개월 전이다. 나이가 들수록 야속한 세월의 속도에 혀를 내두른다. 시간의 체감속도는 산술급수적으로 지나는 게 아니라 기하급수적으로 흐른다는 말이 실감 난다. 30대는 30㎞로 달리지만 40대는 60㎞, 50대는 120㎞로 달린다고 하지 않았던가. 직업상 지천명을 넘기고도 늘 시간과 씨름을 해야만 하는 나는 이 말에 절로 고개가 끄덕여진다.

시간과 달력을 보면서 신은 공평하다는 생각을 가질 때가 있다. 누구에게나 1년 365일, 하루 24시간이라는 시간이 주어진다. 직업, 빈부, 계층, 세대, 종교, 국가를 떠나 누구든지 공평한 시간을 배분받는다. 그 시간에 누가 어떤 그림을 그리느냐에 따라 인생의 무늬가 달라질 뿐이다.

시간에 정복당하지 않고 시간을 정복해 나가는 비결은 없을까? 스티브 테일러라는 심리학자는 저서 '제2의 시간'을 통해 시간의 속박에서 벗어나 시간의 주인으로 사는 법을 제시해주고 있다. '제2의 시간'이라는 심리적인 시간을 이해하면 삶의 속도와 내용을 조절할 수 있다고 하니 시간의 상대성 이론과 다를 바 없다. 우리는 생활 속 경험을 통해 이 같은 체험을 하고 산다. 나이가 들수록 시간이 빨리 흐르고, 새로운 환경과 경험을 하면 시간이 천천히 마디게 흐른다. 누구와 함께 있느냐, 무엇을 하느냐에 따라 물리적 시간과 심리적 시간이 다르게 다가온다.

탁상달력을 바꾼 지가 엊그제 같은데 올해도 벌써 넉 달이 지났다. 아직 하얗게 남은 수많은 공란을 채워나가야 한다. 며칠 지나 한 장을 넘기면 새로운 30일이 흰빛을 반짝이며 얼굴을 내밀 것이다. 그 빛에 의미 있고 실속 있게 응답할 터이니, 달력은 신이 내 꿈과 포부를 마음껏 펼쳐 보이라고 준 선물이 아닌가. 그 선물에 아름다운 꿈을 정성껏 그려 나가야만 한다. 나의 동반자, 탁상달력과 올해도 아름다운 동행을 하리라.

적자생존

성격이 치밀하지 못하고 덤벙대는 버릇이 있다. 평소 정리 정돈과는 거리가 멀고 소지품도 제대로 챙기지 못한다. 안경과 휴대전화도 아무렇게나 놓아두는 바람에 제때 찾지 못해 허둥댈 때가 한두 번이 아니다. 시계와 우산도 잃어버린 일이 부지기수라 물건도 대충대충 고른다. 이런저런 가재도구를 살 때도 제조회사와 가격, 기능 등을 꼼꼼하게 따지지 않고 섣불리 지갑을 연다. 이런 습관 탓에 제값을 주고도 싸구려 제품을 구입한 적이 한두 번이 아니었다.

나의 이런 성격과 버릇은 필기구를 고를 때는 언제 그랬느냐는 듯이 영 딴판이다. 덤벙대는 버릇은 온데간데없고 까탈스럽게 굴면서 꼼꼼한 잣대를 들이댄다. 볼펜과 수첩을 구입할 때는 이모저모를 세세히 살핀다. 볼펜의 크기, 심의 굵기, 글자의 선명도 등을 두루두루 짚어 나간다. 수첩을 고를 때도 여간 까다롭지 않다. 수첩의 크기와 지질, 매수, 색상 등을 예사롭게 보지 않는다. 무엇보다 수첩 표지가 견고하고 한 손에 쏙 들어와야 만족한다.

나의 일상은 업무 특성상 수첩과 떼려야 뗄 수 없다. 수첩을 펴면서 하루를 열고 수첩을 접으며 하루를 닫는다. 일과 중에 수시로 수첩을 꺼내 들고 긁적거리기 일쑤다. 당장 기록할 일이 없어도 수첩과 펜을 몸에 꼭 지니고 있어야 마음이 놓인다. 한시라도 수첩과 펜이 없으면 마음의 심지가 제자리를 잡지 못한다. 요즘은 휴대전화가 수첩과 펜의 기능을 점차 뺏어가고 있지만, 아직은 펜으로 꾹꾹 눌러쓰는 게 더 미덥고 편하다.

평소 동작이 둔하지만 생각과 느낌을 수첩에 옮기는 데는 민첩한 편이다. 내 수첩은 주인을 잘못 만나 늘 지저분하다. 군데군데 기호와 부호, 숫자, 영어, 한문 등이 혼용돼 난수표나 다를 바 없다. 늘 제한된 시간에 서둘러 메모를 해야 하는 탓에 생겨나는 나만의 독특한 수첩 사용법이다.

메모는 기억력의 한계를 보완하는 유용한 보조재이다. 잊지 않기 위해 우선 적어놓고 본다. 메모는 찰나의 아이디어를 오래 붙잡아 둘 수 있다. 생뚱맞게 들릴지 모르지만, 잊기 위해 메모하는 경우도 있다. 적어놓고 나면 꼭 기억해야 한다는 강박증에서 벗어날 수 있어 홀가분하다. 고사성어에 '총명한 머리가 둔한 연필만 못하다聰明不如鈍筆'는 말이 있다. 이 문구에 십분 수긍이 간다. 인간이 신이 아닌 이상 기억력에 한계가 있을 수밖에 없다. 기억은 기록을 넘지 못하고, 적자생존을 빗대 적는 사람이 이긴다는 우스갯소리도 있지 않은가.

우리 집 베란다 한쪽에는 수명을 다한 수첩 몇 상자가 보관돼 있다. 나는 그 상자가 가보家寶나 되는 것처럼 애지중지한다. 몇 차례 집을 옮겼지만, 수첩 꾸러미는 꼬박꼬박 챙겼다. 세월이 지날수록 수첩이 쌓여 관리하기도 만만치 않아 버릴까 생각하다가도 매번 마음을 거두었다. 나의 땀과 노력이 고스란히 담긴 증표를 처분하려니 마음이 쉬 내키지 않았다. 먼 훗날, 그 수첩을 뒤적거리며 과거로의 추억여행을 맛볼 수도 있지 않을까 싶어서이다.

나는 내일의 스케줄은 오늘 저녁에 메모한다. 다음 날 아침, 수첩을 펼쳐 하루를 구상하고 업무 순서를 그린다. 수첩은 내게 시테크의 도구이자 훌륭한 비서로 자리매김하고 있다. 내가 조금은 계획적이고 촘촘한 일과를 보내고 있다면 수첩에 깨알같이 적힌 메모 덕분이라 생각한다. 수첩에 뭔가를 긁적거리는 순간, 순간이 더없이 즐겁다. 말 없는 수첩과의 교감을 통해 생활의 또 다른 재미를 맛본다. 거기에다 한 잔의 커피와 잔잔한 클래식 음악이 곁들여지면 지상낙원이 따로 없다.

요즘은 수첩을 지니는 사람이 눈에 띄게 줄어들었다. 나날이 진화하는 스마트 폰의 메모장 기능이 수첩 영역을 대신하고 있다. 문명의 이기가 필기 풍속도마저 바꾸어 놓고 있다. 요즘은, 디지털 마인드로 무장한 젊은 세대들은 어디서든 필기구 대신 휴대전화를 꺼내 들고 재빠르게 터치하며 기성세대를 위협한다. 수첩에 긁적이는 아날로그 세대의 입지는 점점 좁아진다. 나를 시대에 뒤떨어진 아날로그 세대라 불러도 나의 수첩 사랑은 멈추지 않을 것이다.

늘 기록하지 않으면 허전하고 불안하다. 일단 적어 놓아야 마음이 놓인다. 이쯤 되면 메모 중독증으로도 볼 수도 있겠다. 난 그 중독증이 치유하기 힘든 병이라 해도 그 병과 오래오래 아름다운 동행을 하고 싶다.

주소록

캠퍼스 친구 K와 앞산 근처 커피숍에서 만나기로 한 날이다. 모처럼 옛 친구를 만난다는 설렘에 약속 시간보다 15분가량 일찍 도착했다. 실내를 잠시 두리번거리다 바깥 풍경이 훤히 보이는 큼지막한 유리창 가까이 자리를 잡았다. 아늑한 찻집은 주변이 꽃과 나무로 둘러싸여 도심 속 전원 분위기를 자아냈다.

창문 아래 세 평 남짓한 화단에는 송엽국, 원추리, 페튜니아, 루드베키아 등이 제각각 고개를 내밀며 '날 좀 보소'를 외치는 듯했다. 6월의 자연이 그려내는 수채화를 감상하는 재미가 쏠쓸하다.

문득 기시감이 느껴졌다. 어린 시절 고향 장독대 뒤 꽃밭을 빼닮은 화단은 동심의 세계로 안내했다.

어머니의 정성스런 손길 덕분에 우리 집 꽃밭은 늘 생기가 넘쳐났다. 철 따라 형형색색 꽃들이 향긋한 내음을 뿜어내면서 눈과 코를 즐겁게 해주었다. 그곳을 찾으면 마음이 정화되고 새로운 기운을 받을 수 있었으니.

한참 동안 바깥 풍경을 감상하며 그 시절을 되돌아보는 재미에 푹 빠졌다.

얼마쯤 지났을까? 실내로 눈길을 돌리니 벽시계의 짧은 침이 11시를 가리키고 있었다. '벌써 시간이 이렇게…' 약속 시간이 20여 분이나 지난 게 아닌가. '지각할 친구가 아닌데. 사정이 있으면 전화라도 할 텐데.' 이런저런 궁금증과 함께 걱정의 그림자가 어른거렸다. 전화를 해볼까 하던 차에 입구에 낯익은 얼굴이 나타났다. 그는 "너무 오래 기다렸지." 하면서 몇 번이나 미안해했다. 나는 "조금 전에 왔다. 그렇게 미안해하지 않아도 된다."라며 다독였다.

그는 앉자마자 늦은 이유는 말하지 않고 가방을 뒤적이더니 서너 겹으로 접혀진 누르스름한 종이 한 장을 꺼냈다.

"이게 뭔지 알겠나?"

"글쎄, 뭔데."

그는 신줏단지 다루듯 한 겹 한 겹 풀어나간다. 탁자 위에는 빛바랜 B4 용지 한 장이 펼쳐졌다. 상단에 '○○○과 주소록'이라는 큼지막한 글자가 눈에 잡혔다. 우리 과 졸업생 63명의 이름과 주소, 전화번호가 빼곡하게 기록돼 있었다. 펜으로 꾹꾹 눌러쓴 글씨에 우정이 묻어났다. 요즘 네모반듯한 컴퓨터 글씨체만 보다가 손글씨를 만나니 신기하기까지 했다.

언제, 누가 썼을까? 1988년 2월에 학사모를 썼으니 그해 초 작성했으리라. 주소록은 타임머신이 되어 우리를 80년대 후반 캠퍼스로 안내했다. 33년 만에 불러보는 그리운 이름들이다. 그 이름 속에 정겨운 얼굴들이 하나둘 꽃처럼 피어났다. K와 나는 이름을 하나하나 짚어 나가며 친구들을 차례대로 소환했다. 동료들의 얼굴과 성격, 습관 등을 일일이 들먹이며 우리만의 인명사전을 써 내려갔다.

세월이 흐른 만큼 주소록은 빛이 바랬지만, 웃고 떠들다 보니 우리는 나이도 잊은 듯 20대로 되돌아간 기분이었다. 누구는 어디에 취직했고, A와 B는 썸싱으로 그쳤고, C와 D는 커플로 발전했고……. 우리 과는 남자 32명, 여자 31명으로 성비 조합도 절묘해 다른 학과로부터 부러움을 받았다. 캠퍼스 커플도 네 쌍이나 탄생했다.

세월의 흐름을 누가 막으랴? 혈기 왕성했던 친구들은 어느새 이순을 바라보는 중년이 되었다. 어디서 무엇을 하며 어떻게 지내는지? 궁금증은 앞다투어 고개를 내밀더니 어느새 그리움의 파도로 내 가슴에 출렁인다.

그 명단은 캠퍼스 추억만 들추어내는 데 그치지 않았다. 대구의 시대 흐름을 엿볼 수 있는 생생한 사료가 됐다. 주소란을 훑어보니 아파트 거주자는 네 명에 불과했다. '지금은 도시가 아파트 숲으로 변했는데…….' 대구 지명에 달서구는 없었다. 달서구는 당시엔 서구 관할이었고 1989년에 분구된 사실도 그제서야 알게 됐다. 30여 년 전후 대구의 주거문화와 지명을 비교해 보는 재미도 덤으로 맛보았다.

전화번호 숫자도 이채로웠다. 국 번호는 지금은 세 자리인데 그땐 두 자리였다. 그 두 자리를 보면 거주지를 대충 짐작할 수 있었다. 전체 숫자는 2+4로 얼핏 촌스러워 보였으나, 여러 번 되뇌어 보니 외우기 쉽고 운율도 매끄러웠다. 그때만 해도 남녀노소 누구나 휴대전화를 끼고 지낼 줄 상상이나 했을까. 격세지감을 느낀다. 중간쯤 박힌 '68-62××'에 한동안 시선이 머물렀다. 그 숫자는 젊은 시절 나의 민낯을 기억하고 있다. 그 번호 속을 파고들면 나의 비망록이 고스란히 드러날 테니까.

K는 지난주 이삿짐을 정리하다 졸업앨범 속에 꽂혀 있던 주

소록을 발견했다고 했다. 오늘 약속 시간을 맞추기 위해 아파트 현관까지 내려왔다가 다시 올라가서 챙겨왔다는 것이다. 그제서야 왜 늦었는지 짐작이 갔다. 그의 마음 씀씀이가 나의 감정선을 곱게 건드렸다. 추억의 덤불을 어느 정도 헤치고 나서 찻잔으로 손을 옮겼다. 반쯤 남은 카페라떼는 김이 빠져 미지근한데도 달콤하기 그지없었다. K의 카푸치노도 식어 있기는 마찬가지였다.

주소록은 추억여행을 선사했지만 정리, 보관과 거리가 먼 나의 버릇에 죽비를 들었다. 난 떠벌리는 데는 선수지만 정리하고 보관하는 일은 젬병이다. 책상 서랍 이곳저곳에, 노트북 파일 곳곳에 자료와 사진이 제멋대로 나뒹굴고 있다. '자료를 만드는 것 못지않게 관리하고 보관하는 방법도 가치가 있는데…….'

언제부터인가 나의 유튜브 시청 목록에 정리정돈 항목이 자리 잡고 있다. 정리의 1순위는 '제때 버리기'라는 말이 한동안 귓전을 울렸다. 정리의 달인들이 들려주는 경험담에 눈과 귀를 뺏길 때가 한두 번이 아니다. '구슬이 서 말이라도 꿰어야 보배'라고 하지 않는가. 내가 지금 기록하고 보관해 놓은 자료가 먼 훗날 누구에게 오늘의 나와 같은 기쁨을 줄지도 모르니. 내가 한때 정을 주기도 한 주소록 속의 그리운 이를 어떻게 가슴에 정리해 볼까. 상상만으로도 벌써 설레어 온다.

첫걸음마

요즘 들어 틈만 나면 걷는다. 웬만한 거리는 차에 의존하지 않고 발품을 판다.

걷기가 주요한 일과로 자리 잡았다. 앉아 있는 시간을 줄이고 될 수 있으면 움직이려고 애쓴다. 신문과 방송 등을 통해 걷기의 중요성을 여러 차례 접했지만 그때마다 예사로 넘겨왔다. 그러던 내가 '걷기 마니아'로 변신했다.

지난달이었다. 아침에 일어나니 허리가 심상치 않았다. 허리를 바로 펴는 데 거의 5분이나 걸렸다. 척추가 뻐근하고 쑤셔 허리를 좀체 바로 세울 수 없었다. 손으로 의자를 잡은 채 이를 악

물고 인상을 써가며 간신히 상체를 펴야만 했다. 하루 이틀 지나면 괜찮겠지 싶었으나 며칠이 지나도 차도가 없었다.

허리 통증은 나날이 악화해 갔다. 나의 허리 움직임을 지켜본 선배가 들려준 경험담은 충격으로 다가왔다. 그는 허리를 제대로 가누지 못해 추나요법, 건강 관리원, 한의원 등을 하루가 멀다고 찾아다녔으나 좀체 통증이 가라앉지 않아 끝내 정형외과에서 수술을 받았다고 털어놓았다. 그 후 6개월이 지났지만 아직도 허리가 개운하지 않다며 초기에 제대로 치료하라고 거듭 다짐을 주었다.

'난 어떤 방법으로 치료해야 하나? 수술만은 피하고 싶은데…….' 불길한 예감이 고개를 쳐들면서 업무에도 집중할 수 없었다. 몇 달 전부터 병원을 찾아보라는 아내의 권유를 뿌리치고 고집을 피운 나 자신이 원망스러웠다. 내가 몸져누우면 나만 불편한 게 아니라 가족에게 부담을 주는 게 아닌가.

수소문 끝에 용하다는 한의원을 찾았다. 불문곡직 척추 사진을 찍어오라는 것이다. 사진을 보더니 디스크 증세가 의심된다며 CT촬영까지 권했다.

검사 결과 아니나 다를까 허리가 상당히 고장 나 있었다. 지금 상태는 그렇게 심각한 편은 아니지만 방치하면 다리가 저리고 몸이 한쪽으로 기울 수 있다며 경고했다. 자기 몸을 함부로 다루고 방치하는 건 가장 이기적인 사람이라는 의사의 충고가 그날따라 의미심장하게 다가왔다.

의사는 허리 관리 요령을 조목조목 알려주었다. 어깨를 펴고 자주 걸어야 하며, 한 시간 이상 앉아 있지 말고 허리를 굽혀 무거운 물건을 들지 말 것이며, 균형 있는 자세를 취하고 의자에 앉을 때 다리를 꼬지 말라는 것이다. 또 늘 적정 체중을 유지하고 술과 커피를 삼가라며 주의를 주었다. 나는 의사의 얼굴을 뚫어져라 바라보며 한마디도 놓치지 않고 귀에 담았다. 평소 따지는 습성이 배어 있는 나는 그날따라 순한 양처럼 의사의 말을 고분고분 들었다.

그날부터 매일 한 시간 이상씩 걷기로 마음을 먹었다. 오전 오후를 가리지 않고 시간이 나는 대로 발걸음을 움직였다. 점심을 먹고 나서는 동료의 틈을 슬그머니 빠져나와 옆길로 샌다. 걷기 코스는 따로 정해져 있지 않다. 발길 가는 대로 걷되 하루 한 시간 이상은 채우려고 애쓴다. 봄볕을 쬐면서 거리 간판과 행인들을 벗 삼으며 걷는 재미를 맛본다. 지금까지는 점심을 먹고 나면 으레 커피 한 잔을 들이켜고 다리를 꼰 채 신문을 펼쳐드는 게 습관이었다. 휴식을 취하는 듯했으나 사실상 허리를 망가뜨려 온 셈이었다. 걷고 나면 소화기능도 원활해지고 몸도 한결 개운해져 오후 일과에도 한층 의욕이 솟는다.

사무실 가까이 있는 공원을 몇 바퀴씩 돌 때도 있다. 꽃과 나무, 오솔길이 어우러진 공원은 산책 코스로 안성맞춤이다. 싱그러운 봄기운을 머금은 나무와 풀, 꽃 등이 나를 반긴다. 목련이 새하얀 봉오리를 터뜨리고 노란 산수유가 봄바람에 몸을 맡긴 채 이리저리 춤을 춘다. 잔디도 조금씩 푸른색으로 갈아입고 봄기운에 젖은 아지랑이가 모락모락 피어오른다. 걷는 덕분에 나도 모르게 봄의 향연에 동참하게 된다.

저녁에는 집 근처 신천 둔치로 발길을 옮긴다. 둔치 아래 흐르는 물줄기를 감상하고 바람 소리, 새 소리를 접할 수 있어 눈과 귀가 즐거워진다. 싱그러운 봄바람이 살갗을 스칠 때는 걸음이 가벼워지고 저절로 콧노래가 나온다. 신천 둔치는 주변에 잔디와 화초, 나무 등이 즐비해 도심 속 걷기 코스로 적격이다. 때로는 잔디 광장을 가로지르는가 하면 지압로를 밟고 신천의 돌다리를 건너며 도심 속 자연을 만끽한다. 걷기는 건강뿐만 아니라 사색의 기회와 함께 생활의 여유까지 안겨 준다. 『나는 걷는다』를 저술한 '베르나르 올리비에'의 설파가 귓전을 때린다. "걷는 것은 단지 육체적 운동이 아니라 정신적인 운동이다."

돌이켜 보니, 나의 일과는 대부분 앉아서 보내고, 차량에 의존한 생활이었다. 이러니 허리에 무리가 가지 않을 수 없었던 게다. 그동안 몇 차례 허리가 경고를 보냈지만, 대수롭지 않게 여겨왔다. 병원에 들러 의사의 충고를 받고서야 정신을 차린 것이다. 다행히 한 달쯤 꾸준히 걷고 나니 조금씩 허리가 나아져 갔다. 이제는 내가 허리의 외침에 귀를 기울이고 보듬어 줘야 할 때가 된 것 같다. 며칠 전, 의자도 등받이가 양호한 제품으로 바꾸었고 신발도 걷기에 편한 기능성 운동화로 교체했다.

한 차례 홍역을 치르고 나서야 건강의 소중함을 깨우친다. 어리석고 우매한 짓을 되풀이하는 내가 부끄럽기까지 하다. 편리함에 매몰되다 보니 내 몸은 시나브로 망가져 갔던 게다. 걸으면서 직선과 속도의 치우침에서 벗어나 곡선과 느림의 가치를 깨닫는다. 동의보감에서도 '좋은 약을 먹는 것보다 좋은 음식이 낫고, 좋은 음식보다 걷기가 더 낫다.'고 하지 않았던가.

오늘도 걸으면서 생각한다. 이것이 앞날의 건강한 삶을 위한 첫걸음마라는 사실을.

동행

목요일 저녁이 되면 마음이 설렌다. 퇴근하는 발걸음이 가벼워진다. 곧장 집으로 가는 게 아니라 주민자치센터에 들른다. 자치센터 2층 문화교실은 불을 환히 밝힌 채 나를 반긴다. 불빛을 타고 청아한 선율이 흘러나온다. 교실에는 중년을 훌쩍 넘긴 남녀 20여 명이 하모니카를 벗 삼아 고운 음색을 뽑아낸다. 나도 그들의 틈바구니에 끼어 선율 속에 젖어든다.

하모니카와 인연을 맺은 지도 어느덧 2년이 지났다. 그해 여름밤 문학 캠프 휴식시간으로 기억된다. 건너편 잔디광장 간이무대에서 청아한 하모니카 소리가 들렸다. 은은하고 달콤한 음색에 매료돼 한동안 무대를 뚫어져라 바라보았다. 리듬도 리듬이거니와 하모니카를 잡은 손과 입놀림, 표정 등이 그렇게 멋스러울 수 없었다. "평소 무덤덤하고 음악과는 거리가 먼 선배로 생각했는데……." 선배의 그런 모습이 내게는 로망으로 다가왔다. 당시 악기 하나는 다루고 싶은 마음이 꿈틀거리고 있을 때였다. 나도 모르게 발걸음이 선배 곁으로 옮겨졌다. 하모니카에 대한 이런저런 궁금증을 쏟아냈다. 그는 당돌한 나의 질문에도 온화한 표정으로 하나하나 답변해 준 뒤 하모니카 선생님 한 분을 소개해 주었다.

이튿날 그 선생님에게 전화를 걸었다. 수화기 너머에는 40대로 보이는 여성이 살갑게 반겨주었다. "○○○ 씨로부터 얘기 많이 들었습니다. 이번 주 목요일 저녁 ○○ 주민센터로 나오세요." 약속한 시간대에 2층 문화교실 문을 두드렸다. 수강생들은 대부분 머리카락이 희끗희끗한 장년들이었다. 나이도 잊은 채 진지한 표정으로 음색을 다듬는 모습이 인상적이었다. 그날부터 하모니카와 동행이 시작됐다. 들숨과 날숨 처리, 호흡조절, 혀와 입놀림 등 기본기를 하나하나 익혀 나갔다. 기본음계에 이어 간단한 동요를 연주하며 재미를 붙였다. 대부분 형님, 누님들이라 마음이 홀가분했다. 초보자의 이런저런 질문에도 자상하게 받아주고 가끔 원 포인트 레슨도 마다하지 않는다.

본래 음감이 무딘 탓에 진도는 아직도 거북이걸음이다. 그래도 마음만은 즐겁다. 연주력은 바닥을 맴돌지만 출석 점수는 상위에 랭크돼 있다. 선율로 귀를 씻고 세파에 찌든 마음을 헹군다. 음악이 주는 치유의 힘이 이런 걸까? 몸과 마음이 재충전되는 기분이다.

하모니카를 접하고 네댓 달이 지났을 무렵이다. 중학교 동기회에서 송년회 식전 행사로 장기자랑 추천을 받는다고 했다. 나는 하모니카 연주를 하겠다고 손을 들었다. 그날, 기본적인 가요 두 곡으로 데뷔전을 치렀다. 용기를 냈지만 중간중간 '삐빅' 거리며 파열음이 새어 나왔다. 연주를 마치고 나니 얼굴이 후끈거려 쥐구멍에라도 들어가고 싶었다. '괜히 손을 들었나. 좀 더 내공을 다진 뒤 기회를 엿볼걸.' 이런저런 후회가 밀려왔다. 그날의 충격에도 아랑곳하지 않고 하모니카 교실은 꼬박꼬박 참석했다.

하모니카에 입문한 지 6개월쯤 지나 봉사 동아리에 들어갔다. 이제는 실내 연습에 머무르지 않고 간간이 회원들과 봉사활동도 나간다. 지난달에는 요양원을 찾아 난생처음 나비넥타이를 매고 무대를 밟았다. 우리의 봉사활동은 1차에 만족하지 않는다. 연주를 마치고 인근 카페에 들러 그날 연주를 안주 삼아 이야기 보따리를 풀어 놓는다. 박자와 반주 처리, 관객들의 반응 등 격의 없는 대화를 나눈다. 바둑으로 치면 복기하는 과정이고, 학창 시절로 따지면 오답 노트 정리 시간에 견줄 수 있다. 내게는 피와 살이 되는 알토란 같은 시간이다.

나는 노래에 울렁증이 있어 노래방이나 회식 자리에 가면 꽁무니를 빼기 십상이다. 마이크가 오면 손사래를 치고 피해 갈 궁리만 한다. 이제는 그런 자리가 별로 부담스럽지 않다. 회식이나 관광버스에서도 노래 부를 차례가 오면 하모니카를 꺼내 든다. 아직도 음이 울퉁불퉁하다. 그런데도 이전에 노래를 불렀을 때보다 박수를 몇 배 더 받는다.

하모니카는 참 매력적인 악기다. 가격도 저렴하고 지니고 다니기도 편리하다. 시간과 공간의 구애를 받지 않고 다룰 수 있다. 무엇보다 좁은 공간에서 혼자 연습할 수 있어 그만이다. 나는 퇴근길 아파트 주차장 모서리에 차를 세워놓고 몇 곡을 연습하고 들어갈 때도 있다. 요즘은 자투리 시간이 나면 하모니카를 입에 무는 게 습관이 됐다. 한 손에 잡히는 조그마한 쇳덩어리에서 이렇게 오묘한 소리가 나온다는 게 좀체 믿기지 않는다.

며칠 전 시내 쇼핑에 나섰다가 거리에서 아코디언 공연을 접할 기회가 있었다. 얼굴에 잔주름이 촘촘히 박히고 머리카락이 반백이 된 60~70대 남녀 10여 명이 흥겨운 가락을 뽑아 내고 있었다. 아코디언을 가슴에 품고 유연하게 건반을 짚어 나가는 손놀림이 그렇게 멋스러울 수 없었다. 내가 리듬에 맞춰 박수 치며 적극적인 반응을 보이니 쭈뼛거리던 관객들도 하나둘 손뼉을 치며 흥을 내었다. 하모니카와 인연을 맺기 전에는 나도 돌부처 관객이었다. 무대의 진지한 연주에도 좀체 박수를 보내지 않고 무덤덤하게 바라만 보았다. 그러던 것이 이제는 내가 먼저 신명을 낸다.

내게 하모니카는 각박한 세상을 헤쳐 나가는 친구로 자리매김했다. 그와 호흡을 맞추면 괴롭고 울적한 마음도 눈 녹듯 사라진다. 매주 목요일 하모니카 교실은 에너지 충전소와 다를 바 없다. 연주로 지난 한 주의 스트레스도 날리고 다가올 일주일을 헤쳐 나갈 힘을 얻는다. 평생 벗으로 여기며 동행하리라.

어제 하모니카 교실을 다녀왔는데도 벌써 마음의 시계 침은 다음 주 목요일로 치닫고 있다.

4/
인향
만
리

단풍의 몸짓

가을이 깊어지고 있다. 전국 곳곳의 산하가 오색 물결로 행락객을 유혹하고 있다. 도심의 가로수들도 앞다투어 울긋불긋 자태를 뽐낸다. 녹색으로 짙은 그늘을 드리우던 때가 엊그제 같았는데 어느새 형형색색으로 변해 우리 눈을 사로잡는다. 역병이 난동을 부리고 태풍과 장마가 심술을 부리는데도 세월의 시계추는 어김없다. 자연의 섭리, 생명의 신비에 저절로 고개가 숙어진다.

낙엽에 끌려 어린 시절 추억 한 조각이 꿈틀거린다. 고향 텃밭 앞에도 큼지막한 은행나무 한 그루가 있었다. 이맘때쯤이

면 청명한 가을 하늘을 이고 가지마다 샛노란 잎을 한껏 뿜어
냈다. 간간이 꽃비를 뿌리면 바닥은 금세 노란 양탄자로 변했
다. 우리는 자연의 카펫에서 이리저리 뒹굴고 단풍을 흩날리
며 자연의 축제를 즐겼다. 동화 속 왕자와 공주가 따로 없었다.
반세기쯤 지났는데도 그때 친구들의 환한 표정은 좀처럼 지워
지지 않는다. 모두 세월의 비바람을 잘 견뎌 왔을까. 지금은 단
풍처럼 곱게 물들어 가리라.

사무실에서 고개를 들면 코앞에 은행나무 한 그루가 눈에
잡힌다. 며칠 전부터 가지마다 노란 하트를 빼곡하게 품은 채
가을을 노래하고 있다. 햇살을 듬뿍 머금은 하트가 눈이 부실
정도로 찬란하다. 바람의 템포에 맞춰 좌우로 스텝을 밟으며
사랑의 댄스를 선보인다. 자연의 춤사위는 눈을 씻어 주더니
마음마저 헹구어 준다. 수십 년째 도심 콘크리트 빌딩에서 은
행나무 잎의 군무를 즐기는 호사를 누린다. 문득 기시감마저
든다. 타임머신을 타고 50년 전 추억까지 맛보는 기분이니까.

그는 키가 십 미터도 훌쩍 넘는다. 어른이 양팔을 펼쳐도 몸
통을 온전히 품을 수 없다. 언제부터인가 나이가 궁금했다. 지
난달 근처에서 삼계탕 집을 운영하는 주인에게 물어본 적이
있다.

"환갑 가까이 됐심더. 초등학교 때 어른들이 묘목을 심는 걸

봤거든요."

거침없는 답변 속에 자신감이 묻어났다. 칠십 평생 이 동네를 지킨 토박이라고 하니 따질 수도 없었다. '60년 동안 한 자리를 지키다니. 그것도 삭막한 도심 한복판에서….' 그 흔한 재건축, 재개발 붐도 그를 쓰러뜨리지는 못했나 보다. 신령스러운 기운을 안고 있는 걸까. 나이를 알고 나니 악수라도 하고 싶어진다. 가까이에서 세월의 물줄기를 함께 헤쳐 온 친구 하나를 얻은 셈이다.

며칠 전부터 그는 옷을 하나둘 벗고 있다. 그에게서 벗어나는 잎들도 전혀 섭섭해하지 않는다. 젊은 시절 따가운 햇볕을 받아 몸체에 영양을 공급하느라 중노동을 했지만 불평 한마디 없다. 학창 시절 생물 시간에 머리로 익힌 광합성 작용을 가슴으로 느끼니 감회가 새롭다. 잎사귀는 임무를 마치고 몸체를 살리기 위해 아름다운 퇴장을 한다. 유종의 미를 실천하는 그의 성스러운 의식에 나도 모르게 눈을 감는다.

그는 철 따라 독특한 매력을 뽐내며 울림을 준다. 봄에는 연두색으로 희망을, 여름에는 녹색으로 정열을, 가을은 노란색으로 평온을 선사한다. 겨울에는 옷을 죄 벗고 앙상한 몰골을 드러내지만 그렇다고 해서 결코 나약하거나 초라하게 보이지는 않는다. 때로는 가지에 눈꽃을 피우며 단풍 못지않은 풍광을 연출한다. 생애 주기 어느 한순간도 허투루 보내지 않는다.

문득 뒤통수를 맞은 기분이 든다. 꽃이 아름다운 만큼 단풍도 빛나지 않는가. 그가 나약해지려는 내게 회초리를 든다. 나이테가 쌓인다는 건 늙어가는 게 아니라 익어 간다는 어느 노랫말이 폐부를 찌른다.

나는 관공서에 들락거리며 밥벌이를 해왔다. 이런저런 관공서를 거쳐 1998년부터 대구시청에 둥지를 틀었다. 서른 후반에 이곳에 들어와 이순을 앞두고 있으니 강산이 세 번이나 흐른 세월이다. 회사 재직 기간 30여 년 중 절반 넘게 한 사무실에서 보내는 진기록을 세웠다. 이 건물에는 철밥통 수백 명이 들락거린다. 오늘 아침에도 목줄이 긴 사람들과 함께 현관을 들어섰다. 하지만 난 '철밥통'이라 불리는 그들과는 신분이 다르다.

제4부라는 명패를 달고 수첩을 든 채 위아래층을 오르락내리락했다. 시민의 알 권리 충족을 내걸고 이 방 저 방을 드나들었다. 사실의 조각을 찾는다는 명분으로 상대에게 고성을 지르거나 짜증을 낸 적도 한두 번이 아니었다. 그런 가운데 중견 공무원들과는 미운 정, 고운 정이 쌓여갔다.

돌이켜 보니 그들의 협조와 지원이 있었기에 지금까지 달려올 수 있었다. 그들에게 진 정신적인 빚이 가볍지 않다. 마음이

급해진다. 또래들도 이제 공로연수, 명예퇴직이라는 방榜을 들고 하나둘 떠난다. 회자정리會者定離라 하지만 씁쓰레함을 감출 수 없다.

고개를 드니 저만치서 은행나무가 날 들여다본다. 시선을 맞추려니 부끄러워진다. '나도 아름다운 빛깔을 뽑아냈는가.' 몇 번이나 자문을 해봐도 자신이 없다. 금세 얼굴이 화끈거린다. 시민의 알 권리 충족이라는 전가의 보도를 마구 휘두르며 취재원을 몰아붙이기 일쑤였으니……. 이런저런 과오들이 앞다투어 고개를 내민다.

까마득하게 느껴졌던 정년퇴직도 코앞에 다가왔다. 요즘은 자주 마음에 파문이 인다. 나의 흔적은 어떤 평가를 받을까. 조직에 뭘 남겨주고 퇴장해야 하나. 오늘따라 단풍의 찬란한 몸짓이 가슴 깊숙이 파고든다.

인향 만 리

바이러스는 언제 마침표를 찍을까. 계절이 옷을 세 번이나 갈아입었지만, 이 괴물은 좀체 꼬리를 감추지 않는다.

지난달 초에 점심을 먹으러 동료들과 식당에 들러 남북 정세를 놓고 열띤 토론을 펼쳤다. 몇 분쯤 지났을까. 테이블이 조용했다. 나만 떠들고 있는 게 아닌가. 마스크도 쓰지 않고…. '아, 그렇지. 코로나19 상황이잖아' 순간, 가슴이 뜨끔했다. 식당을 나서니 "대화는 마스크 쓰GO, 먹고 마실 때는 말없이"라고 새겨진 큼지막한 현수막이 바람에 펄럭이며 나를 노려보고 있었다.

코로나19는 기존의 가정과 직장, 사회 풍속도를 뒤흔들어 놓았다. 직장에서는 화상회의가 보편화되고 재택근무도 낯설지 않다. 사회적 거리 두기로 스킨십도 예전 같지 않다. 비정상이 정상이 되는 희한한 생활을 맞이하고 있다. '함께, 같이'가 아니라 '혼자, 따로'가 미덕이 됐다. 최대의 방역 무기로 자리 잡은 마스크 쓰기는 이제 일상화했다. 마스크를 쓰지 않으면 '공공의 적'으로 낙인찍혀 눈총 받기 일쑤다. 최대의 방역 무기로 자리 잡으면서 남녀노소 없이 필수품으로 자리 잡았다. 엄마 손에 이끌려 아장아장 걷는 아기도 예외 없이 마스크를 두르고 있으니……

대구에서 코로나가 대유행하던 지난 3월 말로 기억된다. 여느 날과 다름없이 퇴근 무렵 컴퓨터 앞에 앉아 메일함을 점검했다. 직업 특성상 하루하루 메일의 홍수 속에 지낸다. 메일을 점검하고 분류하는 데 적잖은 시간이 소요된다. 사적인 편지도 있지만, 기관과 단체 등에서 보내오는 홍보자료가 대부분이다. 상당수는 얼굴을 내밀자마자 곧바로 휴지통으로 날아간다.

이날도 제목만 훑어보고 연신 삭제 키를 두드렸다. 어느쯤인가. '기자님 기사 감사합니다'라는 제목이 눈앞에 나타났다. 순간 눈길이 머무르면서 손길도 멈추었다.

무슨 내용일까? "기자님께서 쓰신 ○○신문 ○일자 기사를 읽고 감동을 했습니다. 보호구 착용으로 생긴 상처에 밴드 붙인 간호사들이 근무하는 병원에 제가 아끼며 모은 마스크 100여 장을 보내겠습니다. 그 병원 이름만 알려 주세요." 콧등이 시큰했다. 몇 번이나 읽고 또 읽었다. 당시 마스크 구하기가 하늘의 별 따기나 다름없었다. 약국이나 우체국, 마트 앞은 연일 장사진이었다. 품귀 사태를 빚어 5부제로 판매했고 의료진마저 마스크 부족을 호소할 정도였다.

메일을 수놓은 글자 하나하나가 향기 품은 꽃송이처럼 느껴졌다. 그의 선행은 나의 감정선을 흔들며 오랫동안 여운을 남겼다. 그달 중순에 내가 몸담은 ○○신문 1면에 '코로나19 한 달, 대구 상황'을 다루었다. 기사에는 코로나 바이러스와 싸우는 간호사들의 이마와 코에 보호구 착용으로 생긴 상처 치료용 밴드가 부착된 사진도 곁들여졌다.

그는 이름과 나이도 밝히지 않았다. 직업과 성별, 사는 곳도 모른다. 한동안 그를 떠올리며 상상의 나래를 폈다. 어디에 사는 누구일까. 마스크는 어디에서 어떻게 구했을까. 그에 대한 정보를 털끝만큼도 모르니 상상의 나래는 한없이 가지를 뻗어 나갔다. 그 시간이 그렇게 상큼할 수 없었다. 코로나 취재로 녹초가 된 몸과 마음의 피로가 봄눈 녹듯이 사라지는 듯했다. '사회가 혼란스러워도 민초들의 향기 덕분에 돌아가는구나!'. 이를 두고 '인향 만 리'라고 하는 건가. 답신 메일을 보내고 나니 마음이 깃털처럼 가벼웠다.

메일 말미에 조심스럽게 이름과 연락처를 여쭈었다. 시장 명의로 감사장이라도 전하고 싶었다. 예상했던 대로 그는 단번에 손사래를 쳤다. 별것도 아닌데 조용히 돕고 싶다는 짤막한 메시지만 되돌아왔다. 그 무렵, 신문 동정란을 뒤적거려 보니 정치인과 단체, 기관 등에서 병원에 마스크를 기증하고 의사 간호사 등과 요란하게 찍은 기사가 지면을 도배하다시피 했다. 그의 '소리 없는 나눔'은 자신을 드러내고 공치사하기에 급급한 위정자들의 처신과 묘한 대조를 이뤘다. 조용한 선행이 왁자지껄한 마스크 기증식보다 더 큰 울림과 감동을 주었으니.

메일을 주고받으며 내 업무의 무게도 새삼 깨닫게 됐다. 펜으로 이 사회에 조금이나마 이바지를 했다는 게 그렇게 뿌듯할 수 없었다. 한동안 까맣게 잊고 지냈던 '기록 노동자'의 보람을 느낄 수 있었다. 그동안 업무가 힘들다고 투덜대며 불평을 늘어놓던 나 자신이 부끄러웠다.

어느새 그의 조용한 몸짓은 죽비로 다가왔다. 하루하루 세파와 싸우는 데 급급해 주위를 돌보지 못한 나를 꾸짖는 듯했다. '이순에 가까워지도록 얼마나 배려하고 나누었는가.' 아무리 자문자답해 봐도 좀체 자신이 없다. 나눔과 봉사는 사전 속 용어로만 남아 있을 뿐이다. 대신 거친 말과 경솔한 행동으로 주위에 상처를 준 기억들만 삐죽삐죽 고개를 내민다.

마스크 향기가 전하는 진정한 메시지는 뭘까. 소리 없는 질문과 대답을 주고받는다. 지금부터라도 누군가에게 '희망의 마스크'로 다가서라는 뜻이 아닐까. 얼굴도, 이름도 모르는 그분의 고운 향기가 가을바람을 타고 코끝을 스친다. 나는 그에게 무엇으로 아름다운 사연을 실어 보낼까. 가을바람이 내 곁에서 춤추며 자꾸 윙크한다.

꼰대 탈출

　나이가 들수록 환하게 웃는 얼굴이 그렇게 부러울 수가 없다. 자연스럽게 미소 짓는 그의 곁에 다가서고 싶다. 웃음과 거리가 먼 나는 그 표정이 부러움을 넘어 탐이 날 때도 있다.

　집 근처 커피숍에서 책을 읽거나 스마트 폰을 벗 삼아 나만의 시간을 보낼 때가 더러 있다. 지난 주말에도 그곳을 찾았다. 옆 자리엔 가족으로 보이는 네 명이 커피를 앞에 놓고 웃음꽃을 피우고 있었다. 귀를 그쪽으로 열어놓고 곁눈질하며 훔쳐보았다. 이삼십 대로 보이는 아들과 딸은 연신 "까르르" 거리고 엄마, 아빠도 빙그레 미소를 보낸다. '집안에 무슨 경사가

난 걸까.' 대화의 소재거리는 차치하고 웃음을 주고받는 표정이 한없이 부러웠다.

지난달 카톡 프로필 사진을 웃는 표정으로 바꾸려고 파일을 뒤적거렸다. 사진은 수두룩한데 썩 내키는 게 없었다. 가물에 콩 나듯 웃는 모습을 발견했으나 자연스럽지 못하다. 사진 속 친구들은 제각각 환한 미소를 짓는데 난 얼음장처럼 차갑고 굳어 있다. 게다가 눈을 감은 표정은 왜 그리 많은지……

마지못해 사진에 일가견이 있는 친구에게 미소 띤 사진을 부탁했다. 그는 나의 자세와 표정을 까다롭게 주문하더니 연신 카메라 셔터를 눌렀다. 그때마다 고개를 절레절레 흔들었다. 그는 눈웃음을 지어야 표정이 살아난다며 이색적인 주문을 했다.

'눈웃음이라? 그걸 어떻게 하나.'

그는 마음이 먼저 웃어야 눈에도 웃음이 나타난다고 했다. '마음이 닫혀 있어 눈웃음을 못 짓는 건가. 그래서 눈은 마음의 거울이라고 하는가.'

잘 웃는 게 진작부터 소망이었다. 2년 전 인터넷을 헤엄치다 D대학교 평생교육원의 웃음치료사 과정에 눈길이 머물렀다. '2박 3일 숙박교육, 수강료 30만 원' 누구나 웃음전도사가 될 수 있다는 홍보문구에 마음이 뺏겼다. 고액에도 기꺼이 지갑을 열었다. 신청은 했지만 이런저런 궁금증이 밀려왔다. 50대 후반도 있을까. 젊은 층과 제대로 어울릴 수 있을까. 그러나 내 생각은 기우였다. 수강생은 20대 후반에서 70대 초반까지 골고루 퍼져 있었다.

웃음기 철철 넘치는 강사 3명은 프로그램에 맞춰 우리를 웃음바다로 몰아넣었다. 웃음의 효과와 종류, 웃는 방법 등을 소개한 뒤 의자 놀이, 은행 놀이, 오자미 놀이 등으로 분위기를 띄워 나갔다. 30명의 참가자는 나이도 잊은 채 봇물 터지듯 웃음보를 터뜨렸다. 파안대소, 박장대소, 포복절도를 연출하며 웃음에 중독돼 갔으니까.

웃음을 소재로 한 역할극이 주어졌다. 우리 팀 5명은 병원과 환자를 주제로 무대에 올랐다. 팀장은 내게 진상환자 역을 맡아 달라고 했다. 나의 딱딱한 인상이 그 배역에 어울렸나 보다. 나는 병원에 들어선 순간, 대기 순서를 무시한 채 빨리 치료해 달라고 고래고래 고함을 질러댔다. 단순 타박상인데도 아파 죽겠다면서 병원이 떠나갈 듯이 소란을 피웠다. 앞좌석에 앉은 다른 팀원은 "꼰대가 따로 없네." 하면서 수군거렸다. 6개 팀의 역할극을 끝내고 순위 발표에 깜짝 놀랐다. 우리가 최우수 팀으로 뽑힌 게 아닌가. 심사위원장은 꼰대가 몸에 밴 진상환자의 행패가 실감났다며 수상 배경을 설명했다. 나도 남을 웃길 수 있다는 게 신기했다.

참가자들은 어느새 나이와 남녀의 벽을 허물고 하나가 돼갔다. 청도의 산기슭 교육장은 온종일 웃음소리가 차고 넘쳤으니까. 5월의 신록에 파묻혀 배불리 웃다 보니 마음의 보약을 몇 첩이나 들이켠 듯 개운했다. 주변의 장미도 계절을 노래하며 환하게 웃고 있었다. 하지만 동료들의 웃는 표정이 장미보다 몇 배나 아름다웠다.

요즘은 생활 속에서 웃음과 동행하려 공을 들인다. 카톡, 밴드로 소식을 주고받을 때도 글에다 귀엽고 앙증맞은 웃음 이모티콘 한두 개도 날린다. 나도 모르게 그 이모티콘처럼 입꼬리가 올라간다. 내가 속한 한 포럼은 상대 이름을 닉네임으로 부른다. 모두 개성이 철철 넘치는 별명을 지니고 있다. 나는 최근 고심 끝에 애칭을 '웃는 별'로 바꾸었다. 자주 웃으면서 그들과 교감하고 싶었기 때문이다. 지금도 개명한 닉네임은 천만 불짜리라며 자화자찬을 한다.

"웃으면 복이 온다. 웃는 얼굴에 침 뱉으랴. 일소일소 일노일노……"

속담과 격언에도 웃음의 가치를 설파한 게 한두 가지가 아니다. 선조들의 지혜에 저절로 고개가 숙어진다. 웃음은 스트레스 해소와 질병 퇴치에도 도움이 된다는 사실이 속속 밝혀지고 있다. 의학계는 웃으면 엔도르핀, 엔케팔린 등 쾌감 호르몬이 작동돼 스트레스를 물리칠 수 있다고 주장한다. 미국 스탠포드 의대의 임상연구에서도 웃음은 부정적 감정, 걱정과 공포, 분노를 걷어내는 효과가 있다고 발표했다.

얼마 전 퇴직한 선배와 인생 2막을 논하다가 꼰대 얘기가 나왔다. 선배는 지천명이 넘으면서 웃음기 없는 표정은 그 자체가 꼰대라고 규정했다. 나이 들어 웃음기가 없으면 화난 얼굴로 인식 받는다고 하면서. 선배의 충고가 신선한 죽비로 다가왔다.

어느덧 정년퇴직이 코앞이다. 지난 30여 년간 조직의 틀에 매여 거칠고 딱딱한 직선의 길을 걸어왔다. 인생 2막은 웃음과 부드러움이 묻어나는 곡선의 길로 방향을 돌리려 한다. 웃음 강좌에서 선보인 표정도 부단한 연습의 결실이라는 말이 귓전에 맴돈다. 세면대 앞에서, 신호 대기 중인 승용차 안에서도 자주 웃으라고 했다.

이 글의 마침표를 찍으면서 한바탕 웃어본다. 하하하~ 호호호~. 부드럽지만 강한 웃음의 비타민을 장착해 꼰대 탈출 도전장을 내민다.

채석강의 메시지

    산하가 어느새 푸른빛을 더해간다. 나뭇잎은 봄바람에 부대끼며 기지개를 켜고 있다. 며칠 전까지만 해도 앙상하고 칙칙하던 나목이 어디에 저런 초록의 에너지를 품고 있었던 걸까. 매서운 바람과 눈보라에 시달리면서 묵묵히 버티어 온 겨울나무. 자연이든 인간이든 인내와 시련의 강을 건너야만 미美의 경지에 도달할 수 있는 건가. 계절의 경계선을 밟을 때마다 자연의 섭리, 생명의 신비에 절로 고개가 숙어진다.

    고속도로와 국도를 이리저리 빠져나온 관광버스는 세 시간가량 지나 서해안 변산반도 방조제에 도착했다. 바다 쪽으로

5분쯤 걸어 나왔을까. 약속이나 한 듯 곳곳에서 "와아" 하는 탄성이 쏟아졌다. 해안가 바닥은 마치 바위 멍석을 펼쳐 놓은 듯 장관을 연출했다. 바닷물이 빠져나간 해변에는 축구장 두세 개 크기만 한 암반이 발아래 깔렸다. 부지불식간에 발길이 바위 멍석 쪽으로 빨려 들어갔다. 바위층은 보는 위치에 따라 몸매를 달리하면서 우리의 호기심과 상상력을 실험했다.

켜켜이 쌓인 바위층은 제기에 가지런히 쌓아 올린 시루떡을 보는 듯 아름다웠다. 한 발 물러서 눈길을 돌리니, 어린 시절 고향 뒤뜰에 겨울용 땔감으로 차곡차곡 재워놓은 장작더미처럼 보였다. 성층은 서로 기댄 듯 누운 듯 기기묘묘한 몸짓으로 관광객들에게 자연의 비경을 선사했다. 널따란 바위 평상, 출렁이는 파도, 물살을 가르는 통통배를 품은 채석강은 한 폭의 수채화를 그려냈다.

채석강彩石江은 이름에서도 신비로움을 품고서 호기심을 자극한다. 강이라는 문패를 달고 있지만, 강이 아니다. 중국 당나라 시성 이백이 술에 취해 뱃놀이를 즐기다 강물 속에 드리워진 달 그림자를 잡으려다 빠졌다는 중국의 채석강과 흡사해 붙여졌다고 한다. 이백이 즐겨 찾던 중국의 채석강과 견줄 만큼 경치가 빼어나다고 하니 국가지정문화재 명승 13호의 자격을 얻을 만하다 싶다.

발길을 해안가 절벽으로 옮기니 또 다른 비경이 펼쳐졌다. 파도에 깎이고 바람에 쓸려 빚어진 퇴적암 절벽은 수만 권의 책을 켜켜이 쌓아놓은 듯 신비로웠다. 보고 또 봐도 싫증이 나지 않고 새로운 느낌을 주었다. 그 책은 삼라만상의 모든 진리를 담고 있는 고전이 아닐까. 책은 비가 오나 눈이 오나 하루도 거르지 않고 풍화의 씨줄과 침식의 날줄을 엮어내며 자신을 담금질하고 있었다.

"어떻게 이런 절경이 생겨났을까?" 궁금증이 물밀듯이 밀려오던 차에 일행 중 지리교사 출신의 K 씨가 즉석 해설사로 나섰다. "채석강의 성층은 중생대 백악기 무렵인 약 7,000만 년 전에 마그마가 냉각 응고해 빚어진 겁니다. 그 후 퇴적분지가 침식과 풍화작용을 거듭하여 겹겹이 층을 이루면서 주상절리를 탄생시킨 거죠." 성층의 또 다른 이름이 주상절리인가. 그러고 보니 주상절리는 시간의 역사, 세월의 흔적이 빚어낸 걸작품이었다. K씨는 설명을 이어간다. "주상절리는 뜨거운 마그마나 용암이 차가운 미고결 퇴적물과 접촉할 때 형성된 화산암과 퇴적암의 혼합 암석입니다." 그의 해설을 들으니 자연도 아는 만큼 보이고 보이는 만큼 느낄 수 있다는 말이 실감 났다.

인간세계에 어느 석공이 이 같은 조각을 빚어낼 수 있겠는가. 채석강은 신이 자연의 손을 빌려 인간에게 준 선물이었다.

보고 또 보아도 새롭고 신기했다. 눈이 맑아지고 마음은 깃털처럼 가벼워졌다. 채석강은 그냥 비경만 드러내는 게 아니었다. 네 탓을 펼치며 이기주의에 젖은 인간에게 더불어 살아가는 지혜의 소중함을 시사하는 듯했다. 암반은 자신을 때리고 할퀴는 파도와 비바람을 내치기는커녕 묵묵히 받아들이며 동행하고 있지 않은가.

지천명을 훌쩍 넘겼지만 아직도 나는 사소한 일에 짜증 내고 얼굴을 붉히는 일이 다반사이다. 내 탓보다 네 탓으로 돌리며 상대방의 마음에 상흔을 남긴 적이 한두 번이 아니다. 직업 속성상, 갑의 문화에 젖어있지는 않았는가. 돌이켜 보니 나의 잣대로 상대를 함부로 재단한 지난일들이 불현듯 파노라마처럼 일렁거렸다. 대자연은 어느새 나의 과거를 발가벗긴 채 저울대에 올려놓았다.

며칠 전 출입처에서 보낸 자료가 부실하다며 한참이나 전화통을 잡고 목소리를 높인 적이 있었다. 상대방에게 말할 겨를도 주지 않고 내 잣대로 쏘아붙였다. 그는 수화기 너머로 뭔가 말머리를 내밀다가 멈칫하는 것 같았다. 잠시 뒤 메일을 열어보고 얼굴이 화끈거렸다. 하루 전에 그가 보낸 첫 번째 메일에 내가 요구한 자료가 담겨 있지 않은가.

자신을 때리고 할퀴는 파도와 바람마저 묵묵히 껴안는 채석강. 말없는 자연이지만 이기주의에 젖은 채 네 탓 공방을 펼치는 인간에게 죽비를 드는 듯했다. 주변을 탓하기보다는 지금을 선물로 받아들이며 부단히 담금질하라는 메시지를 파도소리에 실어 주었다. 따스한 봄 햇살을 머금은 채석강은 반성과 성찰의 강으로 내 마음에 밀려왔다.

통화냐 문자냐

　휴일을 맞아 모처럼 집 근처 앞산공원을 찾았다. 공원에는 늦가을 단풍놀이를 즐기려는 행락객들로 북적거렸다. 삼삼오오 울긋불긋한 색채의 향연을 배경 삼아 연신 휴대전화 셔터를 눌러대며 추억 쌓기에 빠져 있었다. 단풍은 나뭇가지에만 매달려 있는 게 아니라 땅에서도 출렁거렸다. 형형색색 등산복을 걸친 인파는 걸어다니는 단풍 물결이었다. 바람에 몸을 맡긴 채 이리저리 나뒹구는 낙엽도 단풍 못지않게 눈길을 당겼다. 나는 바위에 걸터앉아 한동안 자연이 펼치는 가을 잔치에 온몸을 맡겼다.

오솔길 건너편에는 50대 중반의 남자 2명이 벤치에 기댄 채 수다를 떨고 있었다. 얼굴이 가무잡잡하고 몸집이 마른 사람은 쉴 새 없이 이야기보따리를 풀어 놓는다. 때로는 주먹을 불끈 쥐고 양손으로 원을 그려가며 장광설로 열을 올린다. 대화 내용이 바람을 타고 슬쩍슬쩍 귓전을 스친다. 고등학교 때 여학생을 따라다닌 경험담을 들으니 나도 모르게 입꼬리가 올라갔다. 머리카락이 희끗희끗하고 얼굴이 넓적한 사람은 미소를 머금은 채 간간이 맞장구로 화답한다.

대화를 이끄는 마른 사람보다 묵묵히 들어주는 쪽에 눈길이 머물렀다. 기시감이 느껴졌다. 한동안 기억의 창고를 더듬었다. '그래, 친구 K와 쏙 빼닮았네.' 그 순간, K의 얼굴이 자연스레 오버랩됐다. 고교 시절 학원에서 만나 40여 년간 우정의 끈을 이어가고 있다. 기쁠 때나 슬플 때나 우리는 늘 함께했다. 서로에게 든든한 동반자이자 후원군으로 자리매김하고 있다.

K는 안동에서 혼자 지낸다. 나는 일상이 지루하거나 울적할 때면 그를 찾는다.

"○○야, 이번 주말에 안동에 가도 되나?"

"그래 놀러 와."

그는 나를 위해 늘 대기하는 비서처럼 언제나 '오케이'다. 거절한 적은 거의 기억이 나지 않는다. 그와 회포를 풀다 보면 마음의 응어리는 봄눈 녹듯 사라지고 대신 새로운 에너지가 솟아난다. 주로 내가 이야기를 이끌고 그는 묵묵히 귀를 내주는 편이다.

시월의 마지막 금요일 오후로 기억된다. 내일 안동에 들러도 되느냐고 메시지를 보냈다. 밤늦게까지 반응이 없었다. 대여섯 시간이 지나도 메시지를 확인하지 않은 상태였다. 궁금함에다 짜증이 밀려와 다음 날 아침 휴대전화를 들었다.

"뭐, 그리 바쁘노. 메시지를 제때 안 보고……."

"니는 맨날 문자로만 하노. 전화로 하면 더 빠를 긴데."

"야-, 요즘 누가 전화로 하노, 카톡으로 하지. 세상 돌아가는 거 모르네." 나는 감정의 선이 요동치는 대로 말을 내뱉었다. 그는 문자로 하는 건 상대방 의도를 떠보려는 게 아니냐고 맞받아쳤다. '그의 입장을 감안해 메시지를 보냈는데…….' 우리는 가시 돋친 목소리로 한동안 공방을 주고받았다.

그 후 K와는 한 달이 지나도록 냉각 전선을 이어가고 있다. '지금까지 이런 적은 없었는데….' 우리는 간간이 의견이 맞서 티격태격한 적은 있었다. 하지만 그때뿐이었다. 우리 사이의 한랭전선을 녹이는 건 매번 그의 몫이었다. 상대를 배려하는 그의 성품은 내 감정을 건드리지 않고 자연스레 우리 관계를 회복시켰다.

친구는 이런저런 사업에 손을 댔으나 별로 재미를 보지 못했다. 요즘은 지게차로 공사장을 찾아 나서는 개인사업자다. 일거리가 없으면 그냥 대기할 수밖에 없다. 거래처가 제한돼 평소 문자를 주고받을 일이 빈번하지 않았을 것이다. 나처럼 늘 긴장모드를 유지한 채 휴대전화에 잠시라도 눈을 떼지 못하는 직업과는 거리가 멀다. 상념의 사슬이 온몸을 칭칭 감아오니 마음에도 격랑이 인다. 오늘따라 그의 해맑은 얼굴이 자꾸 눈에 밟히고 걸걸한 목소리가 귓전을 맴돈다. 시계추를 거꾸로 돌릴 수는 없을까? 그와 추억을 나누었던 아날로그 시대가 그리워진다.

빠르고 편리함을 장착한 휴대전화는 생활 곳곳에 깊숙이 스며들었다. 그것은 소통수단마저 바꾸어 놓았다. 한국인터넷진흥원이 최근 밝힌 휴대전화 사용 목적 보고서에 따르면, 채팅과 메신저 사용 비율이 79.4%로 음성·영상통화(70.7%)를 앞질렀다. 통화보다는 문자를 더 선호한다는 것이다. 하지만 문명의 이기 속에 아이러니를 경험한다. 첨단 소통 도구인 휴대전화가 되레 부메랑이 되어 인간관계를 갈라놓고 있으니……. 우정에 금을 낸 첨단기기가 '작은 괴물'처럼 얄궂게 보인다.

나 역시 몇 년 전까지만 해도 카톡 메시지에 알레르기 반응이 있었다. 시도 때도 없이 울려대는 못된 소리에 노이로제에 걸릴 정도였으니. 무음 처리가 가능하다는 것도 뒤늦게 알았다. 선배로부터 메시지 반응에 꾸물댄다고 여러 차례 지청구를 들었다. 그런데 이제는 통화보다는 문자 메시지에 손이 더 간다. 어느새 내가 메시지 반응이 늦은 후배들을 나무라기도 한다.

거실 벽에는 달력 한 장만 덜렁 남아있다. 올해도 끄트머리로 치달으니 마음이 앞서간다. 연말을 넘기기 전에 내가 먼저 화해의 손을 내밀어야겠다. 어쩌면 그는 나보다 마음이 더 젖어 있을지 모른다. 그와 화해는 올 한 해 내게 주어진 마지막 숙제인 것 같다. 그 숙제를 풀고 나면 우정의 탑에 벽돌 한 장이 더 올라가 있지 않을까. 싸운 뒤에 정이 든다고 하지 않았던가. 내년에는 그와 함께 단풍놀이를 즐기며 지금의 에피소드를 안주 삼아 가을을 노래하는 날을 그려본다.

십만 원의 의미

    세상을 살다 보면 늘 이득만 볼 수는 없는 것 같다. 이런 저런 연유로 뜻하지 않게 손해를 보는 경우도 있다. 득과 실은 희비의 쌍곡선을 그리면서 인생 항로와 동행하는 것이니. 그렇지만 누구나 손해보다는 이득의 편에 서려 한다. 손해를 보면 기분이 언짢고 마음에 짜증이 나는 건 인지상정인지도 모른다. 손해를 보고도 마음이 편할 수 있을까?

    2년 전 가을 초입쯤으로 기억된다. 금요일 저녁을 맞아 모처럼 동료들과 회식을 즐기고 있었다. 술잔을 기울이며 불금의 달콤함을 한껏 누렸다. "부어라. 마셔라." 술잔을 주고받으며 웃음꽃을 피워 나가다 보니 시계 침은 어느새 10시를 넘어섰다.

테이블 위에 놓인 핸드폰 소리가 귓전을 때렸다. 낯선 번호여서 덮개를 곧바로 닫아버렸다. 하지만 핸드폰은 주인의 심정은 아랑곳하지 않고 또다시 줄기차게 울려댔다. 조금 전 무시했던 그 번호였다. '밤늦게 누가 전화를 하나.' 마지못해 전화기를 들었다. "…47××그랜저 주인 맞습니꺼?" 상대편에서 풀 죽은 목소리가 흘러나왔다. 음성은 떨렸다.

"그런데, 왜요?"

"제가 골목길에서 주차하려다 접촉사고를 내서…."

그는 운전석 앞에 부착된 내 연락처를 확인하고 전화를 한 것이었다. 순간, 술 기운이 확 달아나면서 짜증이 치솟았다. "차가 얼마나 파손됐어요. 어쩌다 그랬어요. 조심하지 않고…." 술기운이 포개져 상대를 속사포처럼 쏘아붙였다. "오른쪽 뒤 문짝이 좀 긁힌 거 같심더…." 헐레벌떡 현장으로 달려가 보니 가로등 빛 아래로 긁힌 자국이 희미하게 보였다. 상대 차량 운전사인 청년은 안절부절못하며 내 눈치만 살폈다. 취기가 일어 확인만 하고 내일 ○○공원 앞으로 오라고 한 뒤 돌려보냈다.

다음 날, 약속 시간에 나가니 대학생으로 보이는 그 청년이 공원 벤치에서 기다리고 있었다. 그는 잠시 두리번거리더니 자리에서 일어섰다. 얼굴에 수심이 가득한 그는 몇 차례나 죄송하다며 허리를 굽혔다. 하지만 나는 표정을 좀체 풀지 않고 그와 차량의 긁힌 부위를 꼼꼼하게 살폈다. 오른쪽 앞문에서 뒷문으로 상대 차량이 스쳐 지나간 자국이 선명했다.

"어떻게 할까요, 보험으로 처리할 거죠." 나의 물음에 그는 잠시 머뭇거리더니 현금으로 하면 안 되겠느냐며 조심스럽게 입을 뗐다. 어머니 차를 몰고 나와서 자신은 보험혜택을 받을 수 없다는 것이었다. 나는 그의 제안을 흔쾌히 수용하고 그 자리에서 단골 정비공장 사장에게 전화를 걸었다. 긁힌 부분을 사진으로 보내 달라고 해 즉석에서 핸드폰으로 전송했다. 잠시 후 사장 답신 전화를 받는 순간, 그의 얼굴빛이 갑자기 '긴장 모드'로 바뀌었다. 귀를 쫑긋 세운 채 내 쪽으로 몸을 기울이더니 대화 내용에 촉각을 곤두세우는 듯했다.

잠시 뒤 수리비 38만 원이 찍힌 문자메시지를 그 앞에 내밀었다. 그제야 마음이 놓이는지 얼굴빛이 밝아졌다. 나는 사장이 대폭 할인해 준 거라면서 다행인 줄 알라고 한마디 던졌다. 나도 8만 원 깎아주겠다며 선심을 썼다. 그는 연신 고맙다고 하면서 또 하나의 조건을 내밀었다. "매월 10만 원씩 3개월에 나눠 갚아도 되겠습니까." '그렇게 편의를 봐주면 됐지!' 나는 그 말이 턱밑까지 차올랐으나 간신히 가라앉혔다. 대신 감정을 추스르며 "왜 그렇게 하려 하느냐."라고 되물었다.

그때부터 그는 마음의 빗장이 걷힌 듯 자초지종을 털어놓았다. K대학 2학년이라고 자신을 소개했다. "엄마는 식당에서 서빙하고 저는 편의점 알바로 학비를 마련하고 있습니다. 알바로 월 80만 원을 받는데 30만 원을 한꺼번에 내면 한 달 생활이 어려워서……." 대학교 입학 후 지금까지 알바에서 잠시라도 자유로울 수 없었다고 말했다. 선처해 주셔서 정말 고맙다며 눈시울을 붉혔다.

월말이 되어도 통장 입금란은 텅 비어 있었다. 하루, 이틀, 일주일까지 기다렸다. '그럴 학생이 아닌데…' 전화해 볼까 하다가 대신 '아직 입금이?'라는 짤막한 문자를 던졌다. 곧이어 문자 알림음이 울렸다. "죄송합니다. 알바비가 늦어져 주인이 오늘까지 주기로 했으니 내일은 입금하겠습니다." 약속대로 다음 날 10만 원이 들어왔다. 또 한 달이 지났다. 그날도 월말이 아닌 익월 7일쯤 10만 원이 들어왔다. 주인이 당초 월말에 알바비를 주기로 하고서도 일주일 늦게 지급한다고 했다.

그 말을 들으니 마음이 편치 않았다. 세파와 힘겹게 싸우는 청년을 떠올리니 마음이 흔들렸다. 고심 끝에 전화기 버튼을 눌렀다. "학생, 남은 10만 원을 받지 않을 테니 열심히 공부해서 원하는 직장을 구하세요." 그는 몇 번이나 "그렇게 하셔도 되느냐."고 물은 뒤 떨리는 목소리로 "감사합니다."를 되뇌었다. 전화를 끊고 나니 마음이 그렇게 가벼울 수 없었다.

요즘 나라가 시끄럽고 어수선하다. 사회 지도층의 반칙과 특권에 민심이 부글부글 끓고 있다. '기울어진 운동장'에 선 젊은이들의 절규가 하늘을 찌르고 있다. 금수저로 태어나 부모의 재력과 정보력으로 스펙을 편법으로 쌓아 명문대에 진학했다는 울화통 터지는 뉴스가 끊이질 않는다. 반칙과 특권으로 취업 문턱을 넘어서 양지를 걷고 있다는 짜증나는 소식도 심심찮게 들린다.

십만 원에 얼굴빛이 바뀌던 L 군은 지금 우리 현실을 어떻게 바라볼까. 그의 얼굴이 오늘따라 TV의 시국 뉴스와 자연스레 겹친다. '졸업을 했을 텐데, 자리는 잡았을까.'

선선한 바람이 가을을 노래하고 있건만 무거운 내 마음은 좀체 걷히지 않는다.

세상은 살맛 나는 곳

　지금도 그때를 떠올리면 입가에 미소가 흐르고 마음이 흐뭇해진다.

　석 달 전쯤의 일이다. 업무차 사진 촬영을 위해 대구 서부도서관을 찾았다. 이 도서관이 선정한 어린이 독서왕을 카메라에 담기 위해서다. 주인공의 밝은 표정 몇 장을 디지털 카메라에 담은 뒤 택시를 타고 사무실로 돌아왔다. 택시에 오르니 지난밤 잠을 설친 탓인지 피로가 엄습해 왔다. 뒷좌석에 몸을 기댄 채 목적지만 알려주고 금세 잠이 들어버렸다. 이십여 분이 지났을까. "손님, 다 왔습니다. 내리세요."라는 음성이 어렴풋이 귓전을 스쳤다. 잠결에 눈을 비비면서 요금을 지불하고 내렸다.

사무실에 도착한 뒤 카메라에 담긴 내용물을 확인하려 카메라를 찾았다. 아무리 찾아봐도 카메라가 보이지 않았다. 아래위 옷의 주머니를 뒤적거리고 주위를 몇 번이나 훑어봐도 허사였다. 카메라를 택시 뒷좌석에 놓아둔 게 틀림없었다. 택시번호와 기사 인상착의 등도 좀체 떠오르지 않았다. 법인택시인지 개인택시인지조차도 생각이 나지 않았다. 분실한 카메라에 이름과 연락처도 표시해 두지 않았으니 찾을 길이 막막했다. 한동안 속앓이를 하다 교통방송에 분실물 방송까지 요청했다. 하지만 소용이 없었다.

카메라를 떠나보낸 지 삼 개월쯤 지났을까. 지난주 금요일 오후 한 통의 전화를 받았다. 저음의 굵직한 남성 목소리가 흘러나왔다. "○○경찰서인데 ○○○씨 맞느냐?"고 한 뒤 카메라를 분실한 적이 있느냐고 물어왔다. 경찰이 내가 카메라를 분실한 사실을 어떻게 알았을까. 카메라에는 이름과 연락처도 표시해 두지 않았는데…… 궁금증이 시시각각 온몸을 파고들어 곧장 경찰서로 달려갔다. 삼십 대 후반으로 보이는 경찰관은 빙그레 웃으면서 책상 위에 카메라를 올려놓는 게 아닌가. 제복 상의에 새겨진 '오○○'가 그렇게 또렷하고 크게 보일 수 없었다. 그토록 찾아 헤매던 카메라가 3개월 만에 주인 품으로 돌아온 것이다.

카메라를 되찾은 기쁨보다 찾게 된 과정이 더 궁금했다. 오 경사의 설명에 귀를 쫑긋 세웠다. "삼 개월 전쯤 택시기사 한 분이 습득한 카메라를 들고 왔어요. 기사는 카메라를 아무리 살펴봐도 주인을 찾을 길이 없었다면서 경찰서에 맡겼습니다." 오 경사도 카메라를 접수했으나 주인을 찾을 만한 단서가 없어 한동안 분실물센터에 보관해 두었다고 털어놨다. 그러나 발을 동동 구를 주인의 심정을 떠올리니 그냥 둘 수만은 없어 카메라를 다시 끄집어내 단서 찾기에 나섰다고 설명했다.

그나마 배터리가 남아있어 작동된 게 천만다행이었다. 카메라의 되돌림 스위치를 하나하나 누르면서 내용물을 꼼꼼하게 확인해 나갔다. 디지털카메라에는 이십여 장의 사진이 담겨져 있었으나 주인을 찾을 만한 단서는 쉽게 걸려들지 않았다고 했다. 혹시나 하는 마음으로 한 번 더 확인해 나가던 중 한 장의 사진 하단에 '○○초등'이라고 조그맣게 새겨진 글자를 찾아내었다. 그는 이 장면을 직접 인화해서 '○○초등학교'로 곧장 달려갔다고 했다.

만나는 선생님마다 사진을 내밀면서 이런 사진을 찍어 간 사람을 아느냐고 수소문해 나갔다. 선생님 한 분이 용케도 기억을 더듬어 냈다. 오 경사는 그 선생님으로부터 내 명함을 넘겨받으면서 주인 찾기는 속도를 내기 시작한 것이었다. 경찰관은 명함에 새겨진 이름과 전화번호를 통해 나를 찾아내면서 사건에 마침표를 찍을 수 있었다고 말했다. 그 순간 입 안이 간질간질했다.

"그토록 애를 쓰면서 주인을 찾을 필요까지 있었나요?"

"분실자에게는 얼마나 소중한 물건인지 모르잖아요."

그의 말은 아름다운 메아리로 내 가슴에 아로새겨졌다. 그는 웃으면서 한마디 덧붙였다.

"앞으로 카메라에 이름표도 붙이고 분실하면 먼저 경찰서로 신고하세요."

그의 충고는 기본에 충실하지 않은 나의 생활을 뜯어 고치라는 신선한 충격으로 다가왔다.

겸손함 속에 열정이 묻어나는 그의 의지와 집념이 나를 감동시켰다. 민중의 지팡이라는 말이 예사롭게 들리지 않았다.

이번 사건은 내게도 많은 교훈을 남겼다. 기본의 중요성을 새삼 일깨워주었다. 곧바로 카메라는 물론 나의 소지품에 모조리 명함을 붙이리라 마음먹었다.

카메라를 찾아 경찰서에서 나오는 발걸음은 날아갈 듯 가벼웠다. 얼굴에 부딪히는 바깥 공기도 그렇게 상큼할 수 없었다. 마주치는 거리의 행인들 누구라도 등을 치고 손이라도 덥석 잡고 싶었다. 그리고 누구에게나 한마디 던져주고 싶었다.

'그래도 세상은 살맛 나는 곳이라'고.

디지털의 그늘

재킷과 바지 주머니를 아무리 뒤져봐도 잡히지 않았다. 주변을 이리저리 훑어봐도 보이지 않았다. 머리카락이 쭈뼛 섰다. 부리나케 사무실 전화기 버튼을 눌렀다. "안쪽 방에 핸드폰 하나 없던가요?" 아무렇지도 않은 듯 잠시 기다려보라는 주인의 목소리가 그렇게 얄미울 수 없었다. 2~3분이 흘렀을 정도인데, 체감 시간은 2~3시간이 지난 것 같았다. "예, 방에 있네요." 전화기를 놓자마자 쏜살같이 식당으로 달려갔다. 주인의 손에 들려 있는 핸드폰을 뺏다시피 하며 움켜쥐었다. 고맙다는 인사의 말도 까먹었다.

지금은 핸드폰이 보편화되었지만 20여 년 전만 해도 그렇지 않았다. 당시는 핸드폰으로 통화하는 모습은 하나의 구경 거리였다. 거리에서 말끔하게 정장을 차려입은 신사가 핸드폰을 만지작거리는 모습은 시선을 끌기에 충분했다. 그건 젊은 이들에게는 부러움의 대상이었다.

내 손에는 1990년대 초에 핸드폰이 쥐어졌다. 정보와 뉴스를 다루는 업무 탓에 비교적 일찍 핸드폰과 인연을 맺었다. '걸으면서도 전화를 할 수 있다니…….' 요술방망이가 따로 없었다. 새벽이나 한밤에도, 차 안에서나 거리에서도 거리낌 없이 상대방 목소리를 들을 수 있다는 게 믿기지 않았다. 그러나 그건 진화의 마중물에 불과했다.

강산이 두어 번 바뀌면서 핸드폰 보급과 진화는 가히 빛의 속도로 내달렸다. 이제 너나없이 온종일 핸드폰을 끼고 산다. 직장인은 물론 주부, 노인, 학생들에게도 필수품이 되었다. 처음에는 음성기능으로 다가서더니 지금은 문자, 메모, 사전, 뉴스, 정보검색, 카메라 기능 등으로 생활 속에 거침없이 침투하고 있다.

잠시라도 내 곁에 핸드폰이 없으면 마음이 뒤숭숭하고 일이 손에 잡히지 않는다. 신문을 읽을 때나 TV를 볼 때도, 커피를 마실 때나 식사를 할 때도 곁에 있어야 마음이 놓인다. TV, 전축, 냉장고, 자동차 없이는 버틸 수 있지만, 핸드폰 없이는 견디기가 어렵다. 어쩔 수 없이 잠시 떨어져야 할 때도 있긴 있다. 1~2시간 목욕을 하고 나와서도 제일 먼저 그놈의 얼굴을 확인해야 마음이 놓인다. 핸드폰은 이제 나의 분신이 되었다. 그 번호는 주민등록번호와 함께 나를 상징하는 또 다른 이름이다.

핸드폰은 언제나 필요하고 편리한 요술방망이로 다가왔다. 그를 끼고 지낸 지도 어언 30년 가까운 세월이 흘렀다. 분신처럼 지냈으면 정이 들 만한데도 그를 향한 마음의 추는 조금씩 거꾸로 가고 있다. 주인의 심정은 아랑곳하지 않고 시시때때로 울리는 기계음. 이제는 반가움보다 소음으로, 짜증으로 다가와 신경을 건드린다. 직업 특성상 하루에도 수십 통의 핸드폰 소리와 씨름한다. 의례적이고 형식적인 문자메시지도 수십 통씩 날아온다. 이놈은 좀처럼 생활의 여백을 허용하지 않는다. 나의 몸과 마음을 늘 긴장의 울타리로 칭칭 감아놓는다.

직장이라는 틀에 갇힌 이상 이놈의 몸짓에서 자유로울 수 없다. 지금은 음성, 문자를 뛰어넘어 카톡, 밴드로 분장해 시시각각 압박해 오며 휴식의 경계마저 무너뜨리고 있다. 국가권익위원회의 최근 발표한 '정보통신 기기에 의한 인권침해 실태 조사'에서도 이를 입증해 주고 있다. 응답자의 67%가 퇴근이후 스마트 폰 등을 통해 업무 지시를 받은 적이 있다고 했다.

시민단체에서는 근무 시간 외 업무 메시지 등을 무시할 권리를 보장해주는 제도적 장치가 마련되어야 한다는 목소리까지 내놓고 있다. '빅 브라더'로 버티고 있는 이놈은 어느새 괴물로 변해 생활 속 여백마저 야금야금 갉아먹고 있다. 우리는 창살 없는 감옥에서 괴물과 동거하고 있는 걸까?

이놈은 친구와 동료들 간의 만남도 가로막는다. 궁금한 게 있으면 핸드폰의 검색기능에 먼저 손이 간다. 상대가 지척에 있는데도 문자메시지나 카톡으로 소식을 주고받는 게 다반사다. 나도 어지간한 안부나 업무상 대화도 카톡이나 문자메시지에 의존한다. 한때 어색했으나 지금은 그것이 오히려 편해졌다. 상대가 가까이 있어도 멀리 있는 듯하고 멀리 있어도 가까이 있는 듯하다. 현실이 가상공간이 된 듯한 착각이 들 때도 있다. 내가 기계를 지배하는지, 기계가 나를 지배하는지 헷갈린다.

정보를 생산, 가공, 유통하는 업무 특성상 이놈의 반응에 신속해야 한다. 그 짧은 순간을 놓치면 펄떡이는 정보도 손에서 멀어져 간다. 나는 경솔한 성격 탓에 소지품을 제대로 관리하지 못한다. 그렇지만 핸드폰 관리에는 철칙이 있다. 항상 바지 왼쪽 주머니에 보관한다는 것이다. 소리가 나면 손이 무의식으로 왼쪽 바지 주머니로 간다. 자칫 윗도리에 넣어놓고 식사

를 하느라 상의를 벗어놓고 제때 받지 못해 낭패를 당한 적이
더러 있었다. 핸드폰은 나의 버릇마저 길들인다.

이따금 그때 그 시절 풍경이 그리워진다. 학창 시절 공중전
화 앞에 줄 지어서 차례를 기다린 적이 있었다. 공중전화는 모
든 일에는 순서가 있다는 것과 기다림의 소중함을 웅변해 주
었다. 아날로그는 느림의 의미와 가치를 일깨워 주었다. 공중
전화가 간간이 눈에 띄면 정겨운 소리가 스쳐 지나간다. '톡
톡' 동전 떨어지는 소리, '드르륵 드르륵' 다이얼 돌리는 소리
가 느긋하게 귓전에 다가온다. 이제 그 모습은 영화나 소설 속
에서나 볼 수 있게 되는 건가. 디지털 시대를 맞아 세상은 느리
고 불편함에서 벗어나 빠르고 편리한 모드로 질주하고 있다.
그런데도 마음이 가볍고 즐겁기보다는 외려 무겁고 각박해지
는 건 나만의 넋두리인가.

이제는 이놈과 거리를 두고 싶다. 괴물이 촘촘하게 설치해
놓은 디지털의 바다에서 벗어나고 싶다. 이놈에게서 탈출하고
싶은 마음이 꼬리에 꼬리를 문다. 이런저런 상념에 젖어 있는
데 '삐리릭' 하는 기계음이 또 귓전을 때린다. 나도 모르게 손
이 그쪽으로 옮겨간다.

디지털의 새싹

　삼월 들어 두 번째 맞이하는 일요일이다. 베란다 창문을 여니 아침 공기에 상큼한 봄 내음이 듬뿍 실려온다. 나들이하기에 안성맞춤이다. 어디로 발걸음을 옮겨도 휘파람이 저절로 나올 것 같다. 하지만 봄의 손짓을 마음으로만 받아야 하는 현실이 야속하다.

　평소처럼 노트북이 든 가방을 메고 집을 나서 승용차에 몸을 실었다. 조수석 앞 수납함에서 명함을 꺼내 지갑에 꽂은 뒤 주차장을 빠져나왔다. 차창 너머 신천 둔치의 개나리 무리가 노란 물결을 출렁이며 한껏 자태를 뽐낸다. 걷고 달리며 봄 축제에 동참하는 상춘객들이 부럽다. 개나리며 산수유 앞에서는 젊은

이들이 스마트 폰으로 추억을 담느라 부산하고, 대봉교 아래 벤치에 앉은 연인은 스마트 폰을 바라보며 환하게 웃고 있다.

도심의 봄 풍경에 홀린 채 어느새 회사 주차장에 닿았다. 어찌된 일인지 승용차의 트렁크가 말을 듣지 않았다. 스마트키를 몇 번이나 꾹꾹 눌러도 도무지 반응이 없다. 운전석 앞 트렁크 버튼을 터치해도 요지부동이다. 노트북을 꺼내 아침 보고를 해야 하는데 큰일이다. 속이 새카맣게 타들어 갔다. 답답한 마음에 단골 카센터로 전화를 걸었다. 일요일이라 그런지 뚜-뚜-거리는 기계음만 흘러나왔다. 이번에는 보험회사로 SOS를 날렸다. 트렁크 고장은 서비스 대상이 아니라는 짧은 코멘트가 전부다. 칠흑 같은 망망대해에 혼자 떠 있는 기분이다.

그 순간, 회사 여직원의 말이 불현듯 뇌리를 스쳤다. "인터넷에 찾아보면 어지간한 문제는 해결할 수 있습니다." '그래 이놈에게 도움을 요청하는 수밖에' 네이버 검색어 창에 '그랜저 트렁크 문이 안 열려요'라고 쏜살같이 쳐 넣었다. 엔터키를 누르자마자 도움말이 폭포처럼 주르륵 쏟아져 나왔다. "조수석 앞 수납함을 열어보세요. 수납함 위쪽에 트렁크 잠금장치가 있습니다. 그 버튼을 누르세요." 그랜저와 인연을 맺은 지 6년이 됐지만 수납함에 버튼이 있는지조차 몰랐다.

궁즉통窮則通이라더니, 네이버 검색어는 신의 한 수였다. 수납함을 열어 보니 트렁크 표시 좌우에 On/Off가 표기돼 있었다. On 버튼을 누르니 덜커덩거리며 거짓말같이 열렸다. 안도의 한숨이 저절로 나왔다. 선생님에게 칭찬을 받은 초등학생처럼 뛸 듯이 기뻤다. 수납함에서 명함을 급히 꺼내느라 나도 모르게 트렁크 잠금 버튼을 건드려버린 걸 그제서야 깨달았다. 고개를 드니 주차장 한편의 목련나무가 눈에 잡힌다. 한껏 부풀어 오른 꽃송이도 기쁜지 살랑거리며 춤을 추고 있었다. 나도 환한 미소로 화답했다.

　문제를 풀고 나니 은근히 디지털 마인드에 자신감이 붙었다. 디지털 내공도 한 뼘 자란 것 같아 기분이 우쭐했다. 아날로그 동토에 디지털의 새싹을 틔운 느낌이 들었다. 지금까지 말로만 인터넷의 가치를 운운했지 행동이 따라가지 않았다. 다행인지 불행인지 사무실에서는 업무를 도와주는 여직원과 함께 근무하고 있다. 그녀는 스스로 힘에 부치면 포털사이트와 SNS 등에 문의해 감쪽같이 해결해 주었다. 인터넷 작업을 하다 암초를 만나면 그녀에게 의존했다. 나는 여태껏 잡아주는 물고기를 받는 데 길들여진 채 직접 물고기를 잡는 법은 멀리했다. 그 직원은 약을 주었지만 어쩜 나는 독을 마시고 있었는지 모른다.

　업무환경이 하루가 다르게 디지털 모드로 바뀌고 있다. 정보통신기술과 친하지 않은 데다 나이도 적잖아 업무에 속도를 내기가 만만찮다. 짜증이 나고 스트레스를 받을 때가 한두 번이 아니다. 디지털의 거센 바람을 쫓아낼 묘수는 없을까. 하지만 나의 바람을 비웃기라도 하듯 디지털 열차는 연일 가속기를 밟으며 세상의 한복판을 질주하고 있다. 요술방망이라는 특급 엔진을 달고 소리 없는 굉음을 지르며 아날로그 영역을 속속 집어삼킨다.

이 열차의 엔진은 코로나19라는 괴물과 만나면서 한층 힘을 키우고 있다. 화상회의, 원격강의 등이 낯설다는 생각을 떨치기도 전에 일상으로 자리 잡았다. 마라톤까지 언택트로 열리는 세상이다. 모든 걸 빨아들이는 블랙홀 열차는 하루하루 얼굴을 바꿔가며 나를 시험한다. 디지털과의 동행은 이제 선택이 아니라 필수가 되었다. 문맹보다 넷맹이 무섭다는 말에 고개가 끄덕여진다. 피할 수 없다면 즐기라고 했던가. 나이와 여건을 탓할 게 아니라 디지털 열차에 올라탈 수밖에 없다. 사이버공간을 자유자재로 헤엄쳐 다니는 네티즌은 나의 로망이 됐다.

며칠 전, 퇴직한 선배와 모처럼 만났다. 인생 2막을 주제로 이런저런 이야기보따리를 풀었다. 건강, 취미, 주식, 부동산 등 모든 현안을 테이블 위에 올려놓고 요리해 나갔다. 그분은 말미에 컴퓨터 학원에 등록했다는 경험담을 털어놓았다. 디지털 감각 없이는 시대의 미아가 될 것 같아 용기를 냈다고 했다. 나는 정신이 번쩍 들었다. 취기는 온데간데없이 귀가 솔깃해졌다.

귀갓길에 그 선배의 얼굴에 나의 미래가 한동안 겹쳐졌다. 어느새 정년이 저만치서 손짓한다. 인생 2막, 사이버세상과 어깨동무하면서 또 다른 시작을 꿈꾼다. 벌써부터 설렘의 씨앗이 꿈틀거린다.

일상과 자아 성찰의 수필 쓰기

― 박태우 수필집 『여섯 번째 가족』을 읽고

조병렬 | 수필가·대구문협 수석부회장

1. 생활화된 글쓰기

박태우의 수필은 따뜻하다. 따뜻함 속에는 인간미가 넘치고 인정이 물씬 풍긴다. 그래서 그의 수필을 읽고 있으면 마음이 즐겁고 푸근해진다. 읽을수록 작가의 따뜻한 마음과 동행하며 글맛에 빠져든다.

필자는 박태우 수필가와 문학의 길을 십여 년간 동행했다. 그의 오랜 기자 생활 때문에 자칫 직업에 따른 선입견으로 바라볼 수도 있겠으나 전혀 그렇지 않았다. 함께할수록 그의 인정과 부드러움에 감동하였다.

그는 중학교 시절까지 농촌에서 부모의 따스한 사랑을 받으며 흙에서 살다 고등학교에 진학하면서 대구로 나왔다. 대학 졸업 후 사회에 좀 더 기여하는 방안을 찾다가 언론사의 문을 두드렸다. 지금까지 33년 동안 한결같이 같은 길을 걸어왔으며, 경향신문 부국장으로 올 연말에 정년퇴임을 한다.

그의 수필 속을 거닐다 보면 세상을 바라보는 작가의 시선이 남다르다는 것을 감지할 수 있다. 정론직필을 추구하는 언론인답게 작품에 날카로움이 번득이지만, 그 이면에는 따뜻하고 부드러운 인성을 읽을 수 있다.

바쁜 일상에서도 수필을 향한 열정은 대단하다. 직업 특성상 매일 직선적인 신문 기사문을 쓰면서도 곡선미를 품은 문학성 짙은 수필 쓰기로 인성을 곱게 가꾸어나가는 모습을 엿볼 수 있다. 신문기자인 그의 수필은 서사와 서정이 씨줄과 날줄로 교차하면서 완성도를 더해간다. 기사체의 논리성에 문학성을 절묘하게 입혀 차별화된 필력을 뽐낸다.

그는 실용성과 문학성을 넘나드는 다양한 장르의 글을 뽑아내고 있다. 대학원에서 박사 학위(신문방송학)를 취득한 그는 예비 언론인들의 작문 지침서인 『실전 미디어 글쓰기』를 펴냈는가 하면, 지역의 특색 있는 음식의 유래와 제조과정, 맛의 비결 등을 소개한 『한국의 맛』을 출간하기도 하였다.

2. 삶과 자아 성찰의 인생철학

수필은 인간의 삶을 다루면서 인간을 탐구하는 문학이다. 인간의 삶이란 수많은 요소가 복잡하게 얽혀서 이루어진다. 수필은 이러한 복잡 미묘한 인간의 삶에 대하여 끊임없이 문제를 제기한다. 삶이란 무엇인가? 인간이란 과연 어떤 존재인가? 우리가 추구해야 할 진정한 가치는 어떤 것인가?

박태우 수필가는 기자로 일하면서 접한 다양한 사회의 현장을 바탕으로 우리 삶의 본질을 탐구하며 자아 성찰에 고삐를 당긴다. 그의 많은 수필이 자기반성에서 얻은 배움과 깨달음을 바탕으로 차별화된 작품을 선보이고 있다.

자신이 어떤 사람이라는 생각을 또렷하게 지닌 사람을 두고 우리는 '자아가 확립된 사람'이라고 말한다. 그는 자신의 주변에서 벌어지는 다양한 형태의 삶을 끊임없이 되새김질하면서 수필적 자아를 찾아간다. 성숙한 인격에 이르기 위한 도정에서 자아 성찰은 수필 문학이 추구하는 필수적인 사색이다.

고개를 드니 저만치서 은행나무가 날 들여다본다. 시선을 맞추려니 부끄러워진다. '나도 아름다운 빛깔을 뽑아냈는가.' 몇 번이나 자문을 해봐도 자신이 없다. 금세 얼굴이 화끈거린다. 시민의 알 권리 충족이라는 전가의 보도를 마구 휘두르며 취재원을 몰아

붙이기 일쑤였으니……. 이런저런 과오들이 앞다투어 고개를 내
민다.   - 「단풍의 몸짓」에서

　박태우는 은행나무를 보면서 자신을 단풍에 비유하며 자아
성찰의 모습을 보여준다. 붉게 물들며 임무를 마치고 몸체를
살리기 위해 아름다운 퇴장을 하는 잎사귀에서 머잖아 직장에
서 물러나는 자신을 발견한다. 유종의 미를 실천하는 잎사귀
의 성스러운 의식에 자신도 모르게 눈을 감고 만다. 박태우 자
신도 영예로운 정년퇴직을 자랑스럽게 여기고 있지 않을까 싶
다. 정년퇴직이 코앞에 다가오니, 단풍의 찬란한 몸짓도 가슴
깊숙이 파고들며 자주 마음에 파문이 인다. 나의 흔적은 어떤
평가를 받을까? 조직에 뭘 남겨주고 퇴장해야 하나? 지난 시
간들을 돌이켜 보면서, 그들의 협조와 지원이 있었기에 지금
까지 달려올 수 있었다고 고백한다. 그들에게 진 마음의 빚이
절대 가볍지 않다면서 감사의 마음을 전한다.

　수필 「마음의 충전소」에서도 자연을 사랑하는 그의 순박한
마음을 읽을 수 있다. 작가는 시골 별장 '세심정'으로 가는 길
은 잡념과 번뇌로 가득하지만, 돌아오는 길은 마음에 여유의
꽃을 피운다. 자연은 크든 작든, 높든 낮든 모두 나누고 베풀며
아름다운 생태계를 엮어간다. 그 모습을 보면서 자신도 이제

마음속에 아름다운 텃밭 하나 품고 곱게 가꾸며 자연처럼 살아가길 소망한다.

자아의 성장은 우선 자아를 발견하는 데서 시작한다. 자신이 누구인지, 무엇을 향해 가고 있는지를 생각해 보지 않은 사람은 자아를 발견하는 경험을 갖지 못한다. 우리의 정신적 성장은 '나는 누구인가?'에 대한 대답을 찾는 과정이고, 자신에게 변하지 않는 존재의 본질이 있음을 깨닫는 것이다.

3. 날카로움과 부드러움의 인생관

작가는 날카로우면서도 부드러운 양면성을 고루 갖춘 성격의 소유자다. 언론인 박태우는 정론직필, 춘추필법을 사명감으로 여기며 사회의 비리와 불의에 대해서 펜을 곧추세운다. 그러나 수필가 박태우는 따뜻하고 아름다운 시선으로 세상과 소통한다. 그의 수필에는 이 두 인생관이 조화롭게 어우러져 있음을 볼 수 있다. 원칙과 정도의 레일을 달리며 특권과 반칙을 경계하는 올곧은 지사적 기질을 엿볼 수 있다. 그는 배움과 성찰의 자세로 자신을 담금질하면서 이웃과는 더불어 살아가는 아름다운 공동체를 꿈꾼다.

나는 모든 이를 공평하게 대한다. 억만장자든 빈털터리든, 높은 의자에 앉아 있든 낮은 의자에 머물든, 명예가 높든 낮든 차별을 두지 않아. 하늘 아래 모든 이에게 하루 24개 칸을 똑같이 선물하지. 너희들처럼 내 편은 챙기고 네 편은 따돌리는 그런 치졸한 짓은 하지 않아. 우리 사전에는 '내로남불'이니 '기울어진 운동장'이라는 말 따위는 없으니까.　　　　　　　　 -「그의 두 얼굴」에서

박태우의 수필 「그의 두 얼굴」은 시계를 의인화하여 시간 속에 존재하는 인생과 현실을 날카롭게 비판하고 있다. 나의 원관념인 시간은 모든 사람을 공평하게 대하는 존재이고, 치졸한 존재는 아니다. 피곤하다고 투정을 부리거나 멈추는 일은 없으며, 어떤 조건과 환경에서도 흔들리지 않는다. 세상이 어수선하고 세파가 아무리 거칠어도 개의치 않는다. 또한 방향과 목표도 없이 어영부영 시간을 낭비하는 사람에게는 회초리를 들고, 인생의 레일 위에서 휘청거리거나 엇나가려는 사람에게도 수시로 호루라기를 불어 경고를 보낸다.

이 작품은 매일 시간에 쫓기며 원고를 마감해야 하는 현장 기자로서의 작가 자신의 삶을, 의인화한 '시계 속의 시간'으로 설정한 독특한 수필이다. 매일 원고 마감이 임박할 때는 시간을 측정하는 바늘침이 천둥소리처럼 들린다며 천천히 가자고 졸라대기도 했고, 원고와 씨름하는 자신을 보면서 때로는 안

쓰럽기도 했다고 털어놓는다. 기자의 내면세계를 진솔하게 그려내어 읽는 재미를 더한다. 긴장과 압박 속에 원고를 마감하고 커피 한 잔을 마시는 달콤한 순간을 실감나게 풀어내 문학적 형상화에 성공한 수필이다.

또한, 퇴직을 앞두고 그 이후의 진정한 승부는 60부터라고 작가는 생각한다. 자신의 고유한 빛깔과 향기를 간직하면서 주위의 이런저런 현란한 색채에 현혹되지 않겠다고 다짐한다. 나이는 단지 숫자에 불과하고 꽃보다 단풍이 더 아름다울 때가 있으니, 자신의 인생 2막을 아름답게 꽃피우려는 희망으로 마무리하였다.

현실에 대한 비판은 「비주류의 항변」에서도 나타난다. 박태우는 술과 친하지 않다. 무슨 신념 때문이 아니라 체질상 술과는 거리가 멀다. 직업상 자주 찾아오는 술자리가 여간 부담스럽지 않다. 일제히 한 잔을 비워야 한다든지 선배나 상사가 면전에서 술잔을 건네면 피할 길이 없다. 초반 한두 잔은 그럭저럭 버틴다. 분위기가 익어가면서 잔이 돌고, 급기야 폭탄주마저 춤을 추면 좌불안석이 된다. 비주류는 죄인 아닌 죄인이 된 심정이다.

술꾼들은 어느 정도 취기가 돌면 막무가내로 술잔을 돌리며 분위기를 몰아간다. 비주류를 무시하는 듯한 발언도 서슴지 않는다. "술도 못 마시는 게 뭐 한단 말인가. 주량과 능력은 비례하는 거야." 그는 분위기를 깨지 않으려고 그 자리에서는 씩 웃어넘기지만, 마음이 편할 리 없다. 그러면서 서로 다름에 대한 인정은 술판에서도 예외가 아니라고 항변한다.

「십만 원」에서도 현실에 대한 비판은 날카롭게 이어진다.

> 요즘 나라가 시끄럽고 어수선하다. 사회 지도층의 반칙과 특권에 민심이 부글부글 끓고 있다. '기울어진 운동장'에 선 젊은이들의 절규가 하늘을 찌르고 있다. 금수저로 태어나 부모의 재력과 정보력으로 스펙을 편법으로 쌓아 명문대에 진학했다는 울화통 터지는 뉴스가 끊이질 않는다. 반칙과 특권으로 취업 문턱을 넘어서 양지를 걷고 있다는 짜증나는 소식도 심심찮게 들린다.
>
> – 「십만 원」에서

이와 같은 현실에 대한 날카로운 비판과 달리, 세파와 힘겹게 싸우는 청년을 떠올리면서 "학생, 남은 십만 원을 받지 않을 테니 열심히 공부해서 원하는 직장을 구하세요."라고 말하는 박태우의 따뜻하고 부드러운 마음은 감동적이다. 그러면서도 한편으로는 "십만 원에 얼굴빛이 바뀌던 L군은 지금 우리 현실을 어떻게 바라볼까. 그의 얼굴이 오늘따라 TV의 시국 뉴스와 자연스레 겹친다."라고 하면서, 우리 사회 현실에 대한 우려와 걱정은 좀체 걷히지 않는다고 인상 깊게 매듭짓는다.

수필 「꼰대 탈출」에서는 웃음과 거리가 먼 자신을 생각하며, 나이가 들수록 환하게 웃는 얼굴이 그렇게 부러울 수가 없다고 말한다. 그는 최근 고심 끝에 애칭을 '웃는 별'로 바꾸기도 하였다. 지난 30여 년간 조직의 틀에 매여 거칠고 딱딱한 직선의 길을 걸어왔다. 그는 그 속에서 몸과 얼굴도 굳어 친근한 이미지와 거리가 멀다면서 인생 2막은 웃음과 부드러움이 묻어나는 곡선의 길을 걸어야겠다고 다짐한다. 나이에 안주하지 않고 부단히 자신의 인성을 아름답게 가꾸려는 의지를 엿볼 수 있다.

4. 사랑과 향수의 미학

박태우의 수필 세계에는 가족 사랑과 고향에 대한 추억이 유달리 많다. 중학교 때까지 고향에서 3대가 함께 생활하면서 체험한 추억과 그리움이 다양한 스펙트럼으로 펼쳐진다.

앞서 언급한 바 있듯이, 그는 평생토록 기사를 써 온 기자로 보냈다. 신문 기사는 육하원칙에 의한 논리적이고 객관적인 문체로 문학성과는 거리가 있다. 그런데도 그의 수필은 정감이 흐르고 따뜻한 서정성이 곳곳에서 묻어난다.

박태우 수필가는 천성적으로 감성이 풍부하고 다정한 성품을 타고난 작가라는 생각을 지울 수 없다. 그래서 하모니카 연주로 노인정이나 요양병원 등에 주기적으로 방문해 봉사활동도 하고 있다. 할머니와 부모의 사랑과 고마움을 표현한 작품으로 「할머니의 밥상」, 「엄마의 도전」, 「이심전심」, 「대추」, 「장남 노릇」, 「여름에서 가을로」 등이 있고, 고향에 대한 추억과 향수를 표현한 작품으로는 「고향의 느티나무」, 「학교가 있는 마을」, 「그리운 그 소리」, 「수박과 우정」 등이 있다.

4남매의 장남인 박태우는 70년대 중반에 두메산골에서 중학교를 마치고 상급학교에 진학하느라 고향을 떠나 대구로 나왔다. 사랑하는 맏손자를 위해 동행한 할머니와 함께 허름한 대명동 주택가 단칸방에 짐을 풀고 타향살이에 들어갔다. 맏손자인 그는 4남매 중에서 할머니의 사랑을 독차지하다시피 했다.

수필 「할머니의 밥상」은 훗날 식당에서 삼계탕을 먹다가 싱싱한 풋고추와 누런 된장을 보면서 할머니를 그리워한다는 이야기이다.

> 어느 순간, 밑반찬에 눈길이 머물렀다. 싱싱한 풋고추와 누런 된장이 향수를 끄집어냈다. 1960~70년대 고령 우곡은 상당수 이웃이 끼니를 걱정할 정도로 가난에 찌들어 있었다. 밥상은 보리밥과 푸성귀 일색이었고 영양가 운운하는 건 사치였다. (중략) 그날 당신은 시장 고추전에서 늦게까지 고추 꼭지를 따주고 천 원을 받아 오시는

길이었던 게다. 그걸 뒤늦게야 알게 되었다. 그 돈으로 손자 도시락 반찬용으로 계란을 사 오신 것이었다. 할머니는 계란을 풀고 밀가루, 부추를 버무려 전을 만들어 도시락에 넣어 주었다. 순수 계란전과는 거리가 있었지만 그렇게 맛있을 수 없었다. 내 반찬은 점심시간 친구들의 젓가락질로 금세 동이 났다.　　– 「할머니의 밥상」에서

　　가난했던 옛날, 여름철 할머니의 밥상은 고추와 된장이 단골 메뉴였다. 간간이 밥상에 고추 대신 잔멸치라도 곁들여지면 호화식단이었던 어릴 적 추억을 기억한다. 그때는 어디에나 크게 다를 바 없었지만, 무싯날 두메산골에서 해산물 요리는 언감생심이었다. 읍내 오일장이 선 저녁엔 운 좋으면 멸치와 명태 정도는 맛볼 수 있었다.

　　한번은 작가의 아버지가 마늘과 고구마를 팔아 멸치를 사 오셨다. 저녁에 어머니는 멸치를 볶아 할머니 밥상에 올렸다. 하지만 할머니는 손자 도시락 반찬 하라며 물리고 고추와 된장을 고집했다. 작가는 70년대 우리 농촌의 식단 풍경을 생생하게 그려내 독자들에게 추억여행을 선사한다.

　　오랜만에 고향을 찾은 박태우는 그 옛날 텃밭을 찾아 돌아가신 할머니를 불러낸다. "그때 어디에선가 시원한 바람 한 줄기가 찾아와 얼굴을 훑고 간다. 텃밭의 그 바람이 그토록 상쾌하고 시원할 수 없고, 자신도 모르게 두 팔 벌리며 눈을 감고

만다."라고 마무리 지었다. 사랑을 듬뿍 주신 할머니에 대한 그리움과 고마움을 새삼 깨닫는 순간이다. 이 작품은 눈물겨운 추억담으로 손색이 없다. 독자의 감동을 불러오기에 충분해 잔잔한 감동과 여운이 오래 남는 수필이다.

수필 「엄마의 도전」은 시골에서 농사를 천직으로 여기다가 40대 중반에 낯선 대도시로 나와 한복 가게를 차리고 집안의 생계와 자식들의 교육을 위해 헌신적으로 노력한 어머니의 힘든 삶을 회상하는 수필이다.

그에게는 점심을 먹고 나면 직장 주변 산책을 하는 습관이 있다. 산책 코스 중 일주일에 한두 차례는 대구시청과 불과 10여 분 거리에 있는 어머니의 일터인 '고령 한복' 가게로 가곤 했다. 칙칙한 도심 골목이지만, 이 길에 접어들면 콧노래가 저절로 나오고 머리도 맑아지는 곳이었다고 회상한다.

어머니가 1980년 새로운 일터를 찾아 대구로 나오는 모험을 강행했다. 당시 대구로의 이사는 지금의 뉴욕, 런던보다 더 멀리 느껴졌던 시절이었다. 어머니는 우리 집의 희망이었던 7평 남짓한 가게에서 36년간 현장을 지키시다가 몇 달 전 가게를 정리했다.

어머니의 짐 꾸러미를 차량에 싣고 철수하는 날, 뒷좌석에 이모와 나란히 앉은 어머니는 만감이 교차하는 듯 지난날의 소회를 털어놓았다. "처음에는 주위의 괄시와 질투가 너무 심해 가게에 나오는 게 생지옥 같더라. 하루에도 몇 번이고 시골로 돌아가고 싶

었다. 그때마다 커가는 아들, 딸들이 눈에 밟혀 참을 수밖에 없었
다." 여러 대화 중에서 그 부분은 내 귓전에 천둥처럼 우렁차게 들
렸다. (중략) 이제 그 골목을 지나도 어머니는 계시지 않는다. 수십
년간 그 길을 지나다 보니 내 발걸음은 관성의 법칙에 젖어 있었나
보다. 돌이켜 보니 어머니의 모습과 일터는 내게 산 교육장이었다.
세파에 허우적거리며 나태해지려는 나를 일깨워주는 죽비였다.
오늘 다시 바라보니 비록 외양은 퇴색한 모습이지만 여전히 보석
처럼 빛이 났다.   －「어머니의 도전」에서

　　박태우 작가는 어릴 적에는 집안이 넉넉하지 못했다고 말한
다. '4남매의 자식 손에는 흙을 묻히지 않겠다.' 그건 어머니의
신앙과도 같았다. 아들, 딸을 공부시키려면 시골에서는 답을
찾을 수 없었기 때문에 친척 할머니의 권유에 따라 용기를 낸
'어머니의 도전'은 시작되었다. 어머니의 사전에는 쉼표가 없
었다. 1년 365일 중 일터에 나오지 않은 날은 손가락을 꼽을
정도였다. 거센 비바람과 눈보라도 일터로 향하는 어머니의
발길을 막지는 못했다. 시골에서 도시로 나와 바늘과 실에 의
지하여 억척스럽게 생계를 꾸려 나가셨던 어머니의 비장하고
숭고하신 삶을 어찌 잊을 수 있을까.
　　수필 「여름에서 가을로」는 아버지의 암 수술실 밖에서 대기
하는 동안 아버지와의 추억 속으로 찾아드는 이야기이다. 아
버지는 가난한 농촌에서 자식들을 키우느라 갖은 고생을 마다

하지 않으셨다. 가난의 서러움, 못 배운 한을 자식에게는 물려주지 않으려는 의지는 신앙처럼 견고했다. 언제나 집안의 최고 우선순위는 자녀 교육이었다. 그 어려운 여건 가운데서도 자식들 학비 납부 기한은 한 번도 어기지 않으신 덕분에 우리 4남매는 모두 사각모를 쓸 수 있었다고 회상한다.

그런 눈물겹도록 고마운 아버지께 박태우는 장남으로서 역할을 다하지 못한 회한을 반성한다. 다행히 아버지는 건강을 되찾게 되고, 온 가족들이 병실에서 아버지 곁을 지키며 가족의 소중함, 혈육의 중요성을 새삼 깨닫는다. 고난과 역경 속에서도 가족사랑은 무럭무럭 익어가는 사이에 그 지긋지긋한 여름은 가고 어느새 가을이 깊어 있었던 것이다. 슬픔의 여름은 가고 행복한 가을을 맞이하게 되면서, '당신은 어쩜 가족의 소중함을 일깨워 주려고 중병을 앓으셨는지도 모르겠다.'라고 긍정적이고 희망적인 메시지로 멋지게 마무리하였다.

수필 「고향의 느티나무」는 향수를 주제로 한 작품으로, 현재 바라보고 있는 느티나무는 작가 자신의 현재의 모습을 비유적으로 표현하고 있다. 느티나무 그늘은 어릴 적 피서지이자 힐링 공간이었다. 여름철은 집 못지않은 생활 터전이었고, 방학 때가 되면 또래들과 온종일 거기에서 살다시피 했으며, 놀이터이자 공부방이고 낮잠을 즐기는 공간이기도 하였다. 이렇게 고향에 오면 마을의 수호신 같은 느티나무를 바라보면서 옛 추억을 상기하고 향수에 젖어 든다.

지난여름 아내와 함께 고향마을 경로잔치에 참석했다. 온갖 풍상에도 묵묵히 제자리를 지켜온 느티나무는 마을 수호신답지 않게 쓸쓸히 노후를 맞고 있었다. 작가는 느티나무 아래에 앉아 지난날의 추억을 되새기며 '소리 없는 대화'를 나누었다. 그 대화 속에 작가는 단순한 과거 회상에 머물지 않고 위안과 용기를 받으며 삶의 에너지를 재충전한다.

> 고향을 떠난 지 40여 년이 흘렀다. 느티나무의 나이테가 늘어나듯 나 또한 어느새 지천명을 넘어 이순으로 치닫고 있다. 체력이며 의욕도 예전 같지 않다. 때로는 나이와 체력 탓을 하며 나약한 모습을 보이고 꽁무니를 빼기도 한다. 그런 내게 느티나무는 무언의 메시지를 던져준다. 세월을 탓하지 말고 연륜과 경험을 살려 세파를 헤쳐 나가라고. 자연으로부터 원숙미의 가치와 소중함을 배운다. 잠자고 있던 용기가 꿈틀거린다. 나도 누군가에게 위로와 용기를 뿜어내는 한 그루 느티나무로 자리매김할 수 있을까.
>
> – 「고향의 느티나무」에서

늙어가는 느티나무와 축 늘어진 나뭇가지, 그리고 듬성듬성 빠진 나뭇잎은 작가 자신의 늙어감과 지친 모습, 그리고 시나브로 빠져나가는 머리숱으로 비유하여 동일시하고 있다. 그리고 작가는 느티나무로부터 위로와 용기를 받으면서, 나 또한 느티나무와 같이 누군가를 돕는 존재가 되길 소망한다.

수필 「수박과 우정」은 고향 친구가 사무실로 보내온 한 통의 수박에 얽힌 이야기다. 작가는 어린 시절 단짝 친구의 고마운 마음에 감동한다. 우정이 배어 있는 수박 맛은 배가되고, 넉넉한 고향의 인심을 들이킨다. 우정의 고귀함을 어찌 돈이라는 잣대로 가늠할 수 있을까 생각한다. 나를 그리워해 주는 고향 친구가 있다는 건 무엇과도 바꿀 수 없는 소중한 마음의 자산이라고 여긴다. 아울러 친구가 보낸 수박은 나에게 또 다른 메시지로 전달되었다. 그 수박은 세파에 허우적거리면서 주위를 소홀히 하는 자신에게 나눔과 배려의 소중함을 일깨워 주는 죽비로 다가왔다고 고백한다. 작가는 고향과 친구를 글감으로 쓰는 수필은 정겨운 고향 풍경과 그리운 벗들의 얼굴이 떠올라 달콤한 추억여행에 빠질 수 있었고, 세파에 긁힌 심신을 보듬고 위로해 주는 보약이 되었다며 의미를 부여한다.

그런가 하면 표제작인 「여섯 번째 가족」은 반려견을 한 명의 가족으로 의미화하여 쓴 수필이다. 그의 작품 소재는 연륜이 쌓일수록 스펙트럼을 넓혀간다. 이 수필은 작가가 처음에 멀리했던 반려견과 시나브로 정이 들어가는 과정을 실감나게 풀어내고 있다. 몽실이의 행동을 밀도 있게 묘사해 반려견을 기르는 가정의 이색적인 풍경을 충분히 엿보게 된다. 글의 전개가 자연스러운 데다 재미까지 입혀 읽는 맛이 쏠쏠하다.

> 몽실이는 무뚝뚝한 내게도 애정 공세를 퍼붓는다. 온갖 재롱을 피우며 러브콜을 한다. 아파트 복도를 오르는 주인의 발자국 소리를 멀리서도 알아차리고 문 앞에 쪼그리고 앉아 기다린다. 문을 열면 앞 두 발을 치켜세운 채 꼬리가 떨어질 듯 좌우로 흔들며 '멍멍' 거린다. 안아달라고 안달을 부린다. 한두 번 번쩍 들어주고 바닥에 놓으면 성이 차지 않는지 금세 멍멍거리며 달라붙는다. 기어이 주인에게 사랑을 받고야 말겠다고 떼를 쓴다. 몇 번을 더 안아주면 그제야 제 일을 본다.   -「여섯 번째 가족」중에서

「여섯 번째 가족」은 대상을 구체적이면서 정감있게 풀어내 마치 '글로 읽는 그림'을 떠올리게 한다. 박태우 수필가의 관찰력과 표현력이 예사롭지 않음을 짐작할 수 있는 작품이다.

5. 직업에 대한 자부심과 가치

수필 「인향 만 리」에서는 박태우 기자의 직업에 대한 자부심과 가치를 엿볼 수 있다. 그는 대학을 졸업하고 곧장 신문기자의 길로 들어섰다. 그의 성격과 인성에 비춰 볼 때 사회에 좀더 기여해 보려는 사명감에서 비롯되지 않았을까 짐작해 본다. 박태우 작가는 대구에서 코로나가 대유행하던 때, 여느 날

과 다름없이 퇴근 무렵 컴퓨터 앞에 앉아 메일함을 점검하다 가슴 뭉클한 사연을 발견한다.

> "기자님께서 쓰신 ○○신문 ○일자 기사를 읽고 감동을 했습니다. 보호구 착용으로 생긴 상처에 밴드 붙인 간호사들이 근무하는 병원에 제가 아끼며 모은 마스크 100여 장을 보내겠습니다. 그 병원 이름만 알려 주세요." 콧등이 시큰했다. 몇 번이나 읽고 또 읽었다. 당시 마스크 구하기가 하늘의 별 따기나 다름없었다. 약국이나 우체국, 마트 앞은 연일 장사진이었다. 품귀 사태를 빚어 5부제로 판매했고 의료진마저 마스크 부족을 호소할 정도였다.
>
> 메일을 수놓은 글자 하나하나가 향기 품은 꽃송이처럼 느껴졌다. 그의 선행은 나의 감정선을 흔들며 오랫동안 여운을 남겼다. 그달 중순에 내가 몸담은 ○○신문 1면에 '코로나19 한 달, 대구 상황'을 다루었다. 기사에는 코로나 바이러스와 싸우는 간호사들의 이마와 코에 보호구 착용으로 생긴 상처 치료용 밴드가 부착된 사진도 곁들여졌다. — 「인향 만 리」에서

발신자의 이름과 나이, 직업과 성별, 사는 곳도 알 수 없었다. 메일로 이름과 연락처를 여쭈었으나 별것도 아닌데 조용히 돕고 싶다는 짤막한 메시지만 되돌아왔다. 코로나 취재로 녹초가 된 몸과 마음의 피로가 봄 눈 녹듯이 사라지는 듯했다. '사회가 혼란스러워도 민초들의 향기 덕분에 돌아가는구나!' 이를 두고 '인향만리'라고 하는 건가. 그의 '소리 없는 나눔'은

위문품을 쌓아 놓은 채 얼굴 내밀기에 급급한 위정자들의 처신과 묘한 대조를 이뤘다고 작가는 일갈한다.

수필가 박태우 기자는 메일을 주고받으며 자기 업무의 무게도 새삼 깨닫게 되었다면서, 펜으로 이 사회에 조금이나마 이바지했다는 게 그렇게 뿌듯할 수 없었다고 말한다. 한동안 까맣게 잊고 지냈던 '기록 노동자'의 보람을 느낄 수 있었다면서, 그동안 업무가 힘들다고 투덜대며 불평을 늘어놓던 자신이 부끄러웠다고 겸손해하고 있지 않은가.

박태우 작가의 수필은 그의 신문 기사와는 달리 정겹고 부드러운 빛깔을 반짝이며 독자들의 감성을 자극한다. 이렇게 되기까지 그의 숨은 노력이 적지 않았음을 충분히 가늠해 볼 수 있다. 직선적인 글쓰기에 관성이 붙어 문학성이 묻어나는 곡선의 글쓰기로의 전환은 만만치 않았을 것이다. 그러나 무엇보다 천성적으로 인정이 많고 따뜻한 성품을 지녔기 때문에 가능하지 않았을까. 그는 신문기자로서 글쓰기로 세상과 소통하며 여러 종류의 책을 출간했으나 수필집은 등단 십여 년 만에 처음 상재한다.

축하와 응원의 박수를 드리며, 더 멋진 다음 수필집을 기대한다.